中公文庫

# 本に読まれて

須賀敦子

中央公論新社

DTP PLANE PLANET

目次

I　書評から

## Ⅱ　好きな本たち

Ⅲ　読書日記

# 本に読まれて

# Ⅰ　書評から

## 『北の愛人』マルグリット・デュラス

メコン河をわたるフェリーの手すりにもたれて水の流れに見とれる、つばの広い男物の帽子をかぶったフランス人の少女。十四歳。同船の、黒塗りの高級車レオン・ボレに乗った、背のたかい、肌の白い「上品な中国の男」を、少女はじっと見る。

これは、一九八四年におなじ作者が書いた『愛人』の冒頭の部分にある「映像」のひとつだが、デュラスの映画的な作風をよく伝えている。しかし、作者がつぎつぎに「見せてくれる」映像の印象があまり強くて、ときに、物語の運びが不必要に拡散し、読後、ある心もとなさが残ったかもしれない。

『北の愛人』は、『愛人』で用いられたのとおなじ場面、おなじ自伝的な素材のうえに組み立てられているのだが、それでいて、前作の「なぞり」というのでもない。「中国東北部の男」の訃報に接した直後、執筆にかかったというこの作品は、死によってもたらされた完結性に支えられていて、より大きな作品への見事な変身をとげている。断片が奔放に語られる『愛人』にくらべて、『北の愛人』の読者は、積みかさねられた映像の前作にとらない強烈な印象を愉《たの》しみながらも、これを超えて、稀な密度をもって進められる愛の物語そのものに酔うことができるはずだ。遠い狂気の愛の記憶の物語。

フェリーの上でふと出会った少女とマンチューリの男。高校生の少女はサイゴンの女子学生寮にもどるところだった。一九二〇年代末の植民地の話で、フランスの娘が中国人とねんごろになるなど、それだけで人々の批判をまねいた。しかも、少女は学校かばんを背負った高校生。そして、中国の男には、自国の習慣にしたがって定められた婚約者がいて、莫大な財産をもつ彼の父親が、外国人との結婚をゆるしてくれるはずはない。出会ったその日に、ふたりは、彼らの愛が限りなく深いものでありながら、たがいに「愛人」としてしか、それを全うする道がないことを理解する。しかし、「物語はすでにそこにある。避けようもなく」。こうして十四歳の少女の「まだ肉のついていない」からだは、「血を流して」男を受けいれ、それにつづく、狂おしい愛の日々。男と「あのひと」との婚姻の日は近づき、少女が、母親や兄たちと、フランスに引きあげる日も遠くない。別離のせまった街を覆う、モンスーンの雨の音。雨の匂い。

「少女」の家族がいる。聡明で情愛の深い母親とふたりの兄。父親の死後、学校の校長だった母親は役人にだまされて全財産を失い、細々と生活している。阿片に冒され、やがて本国に送還されることになっている、ほれぼれとするような美男の長兄。その長兄に溺れる母親。そして、少女と中国の男のあいだに、透明に介在する「あの《ちがう種類の》男の子たち独特の、滑らかな、汚れのない顔」をもった次兄。サイゴンの高校や寮での、同年配の女生徒たちとの生活。騒音に満ちた街路を少女は男のレオン・ボレで横切っていく。

最後に、少女をとりまくすべてを、汚れない手で守ってくれる、母親の下僕で、シャムの森から来た孤児の青年、タン。デュラスはこの人物を、まるで『北の愛人』の虚構性を守る番人であるかのように、いとおしさをこめて描く。今年七十八歳になるデュラスの、雨に洗われた宝石のように稀な美しさをもつこの作品を、ゆきとどいた訳文で読めることのありがたさ。息をつめて読んだ。

（清水徹訳、河出文庫）

## 『シカゴ育ち』スチュアート・ダイベック

雪の降る晩、ロシア文学の先生をアパートに訪ねていく学生がいる。黒海に面したオデッサ生まれのその先生は、世界を渡り歩いたあげく、いまは、アメリカの大学で教えている。先生の部屋の壁にはオデッサの市街図が鋲でとめてあって、ところどころに赤インクで丸がついている。おいしいパン屋のしるしさ、と先生はいう。フェアウェル《さよなら》でなくて、ファーウェルという、シカゴのある区域に住んでいた先生は、一年その大学で教えたあと、またどこかに行ってしまった。

こんな話で始まる『シカゴ育ち』は、十四の短篇をまとめた、アメリカの作家の作品。一九四二年生まれだから、五十歳を過ぎているが、これが二冊目の創作集で、三年まえに発表された。「短篇をまとめた」と簡単に書いてしまったが、じつは、もうすこし複雑な仕組みになっていて、十四篇のうち、半分は、掌篇というのか、ごく短い。書き込んだ長い作品を読んだあとで、りっぱなディナー・コースの中間でちょっとレモン・シャーベット、というような具合に、これら掌篇が一篇ずつ挟み込んである。読者は、作品ひとつひとつの出来ばえに（そして、いつもながら、この訳者のすばらしい訳に）感心するまえに、短篇集ぜんたいをひとつの作品としてまとめた作者の意図を尊敬してしまうかもしれない

（掌篇の部分の活字を優雅に変えた、日本語版の編集者にも敬意を表したい）。

　だが、当然、ひとつひとつの短篇は、それ以上に、読者を酔わせる。構想の奇抜さや、知識のひけらかしの小説が跳梁《ちょうりょう》するなかで、どれほど私たちが「物語」を渇望していたかを、思い知らされるような短篇のかずかず。作者は、ていねいに、愛情とユーモアをこめて、自分がかつて住んだ街かどの人々を描写する。どれも、シカゴという大都会の、まだ移民以前の国の匂いがぷんぷんしている人たちの話だ。英語のできない老人が、話のあちこちにじっとうずくまっていて、若者たちのとりとめない話に耳を澄ませている。

　本の屋台骨を支えている物語のひとつは「荒廃地域」という短篇。決定的に環境がよくない地域に、市当局がそういう名称をつけて管理しているのだ。「朝鮮戦争とベトナム戦争のあいだの、ロックンロールが完成に近づいていたころ」と、地域の少年たちを代表するみたいな「僕」が、時間を設定する。友人が遊んでいてうっかり頭をバットでなぐってしまうまで、聖人やらマリア様としっかり連絡をとっていたジギー・ジリンスキー。なぐったのは、母親がポーランド人、父親がメキシコ人で、惚れこんだ女の子のところに、大通りの花壇でひっこぬいたチューリップを、腕いっぱいかかえて、彼女を決定的におこらせてしまうという、らんぼう者のペパー・ロサード、偉大なるアメリカ小説を書こうとして苦しんでいるディージョ・ドゥキャンポ。そして、「僕」が父親からゆずりうけて愛した、シボレーの思い出。

「夜になると、22番はカラフルな光の洪水になった。ウィンドウや舗道のネオンサインがきらきら光り、その脇をヘッドライトが疾走していった。あたりにはレストランからの匂いが充満していた——ハンバーガーの焼ける匂い、ピザの匂い、タコス屋のコーンミールや揚げ物の匂い。ドアを開け放した酒場から、音楽がガンガン響いてきた。雨が降って、つるつる滑る道路に街灯がゆらめくと、後部席のディージョは決まって『ハーレム・ノクターン』を口笛で吹いた」

車は、やがて、ペパーに二十五ドルで売りわたされ、少年たちは土曜ごとに近所を流して回る。「ある晩、39番通りの赤信号を走り抜けようとペパーがエンジンをふかしたとき、トランスミッションがすっぽり路上に落っこちて」しまうまで。

「熱い氷」はその年のすぐれた短篇に贈られる「O・ヘンリー賞」を受賞している。ある男が溺死した娘の死骸を製氷工場で保存しているという、町の噂の記憶を縦糸にしてつむいだ五つの短篇だが、こんなシュールな文章に出会うと、その作風の広さに圧倒される。

「時おり、空白だらけの街を歩いていると、もはや自分たちもそこにいないような気がすることがあった。見慣れた標識はそこらじゅうにあるのに、何だか迷子になってしまったような、自分が自分の影になってしまったような思い」

読みすすむうちに、読者はシカゴも東京もわからなくなり、本のなかの都会にしっかり根をおろしてしまう。ダイベックの街は、世界中のすべての都会育ちの人々の、ほんとうの故郷だからだ。たとえば「黄金海岸」と題された小品で、ベッドの中の女が男にむかっていう「ねえ見て、あの空！」という空も、私たちみんなの空なのだから。

(柴田元幸訳、白水社)

## 『物語作家の技法　よみがえる子供時代』フェルナンド・サバテール

バルセローナでオリンピックがあるというのでどちらをむいてもスペインの今年だが、この本は、そのスペインの哲学者による出色の文芸論である。これは自分の専門領域ではない、とことわりながら、著者は、私たちの多くが子供時代に読んだ冒険物語について述べる。専門用語をふりかざさない平易な語り口と、『宝島』や『海底二万マイル』といった、なつかしい書名につられて、おもわず引きこまれてしまう。

もちろん著者は単にこれらの作品についての「思い出話に花を咲かせよう」というのではなく、作品を内側で支えている「物語」（ストーリー、に匹敵する言葉が原文では用いられているようだ）とはなにかについて、具体的な例をあげながら分析する。なによりも少年期の読書の記憶が明晰に整理されていくのがこころよい。

少年たちを熱狂させた書物の多くは『宝島』も、あるいは『ピーター・パン』や『不思議の国のアリス』さえも、それぞれが依存する空想の種類こそ違え、いずれもイニシエーションとしての冒険物語だ。しかし、イニシエーションの種類は数かぎりなく、そのいくつかに著者は光をあてる。たとえば、「下降の旅」という一章で、著者はこう書いている。「このような地理学上の倒錯行為は人に眩暈《めまい》を覚えさせることにもなろう。にもかかわらず、われわれの足下に横たわるものは時代を問わずつねにわれわれの心を惹きつけてやまなかった。そこは死者の国である」

ここまで読んだとき、読者は不可避的に『海底二万マイル』のネモ艦長を思い出す。そして、陸の（生けるものの）論理しか受容できなかったカナダ人ネッド・ランドとネモ艦長との激しい対立を。そうだ。「深海の底はまさしく流浪者たちのものである。海を選ぶ者は以前の生活との絆をすべて断ち切ることになる。このさまよえる幽霊船ノーチラス号の乗組員は一人残らず死人なのである」

コナン・ドイルもキップリングもH・G・ウェルズもトールキンも、そして、ウェスタンものからホラーものにいたるまで、著者は分類、分析をつづける。しかし、もっとも光彩を放っているのは、「物語」と「小説」を対比しながらすすめていく著者の論法である。プルーストもフロベールもこの対比の例にあげられる。むかし、哲学書をゆびさして「この本に筋はあるの？」とたずねたおさない弟に、「あるもんか」と答えてしまったことへの反省から出発して、著者は「自然科学の領域で発生」した、つねに「リアルなものの巧まざる反映」をめざす「小説」に反して、「感性の麻痺した大人として、土曜の午後に訪れるあの管理された現実逃避の感覚に包まれながら、霧深い魂の故郷へと降りていく」手段としての「物語」を的確に位置づける。

最後はボルヘスをめぐる本格的な物語論。言語・文学の土壌を分かちあう著者による、

「とことん文学にとり憑かれ、何事につけても文学を拠り所とし、内容のことごとくを文学に負うている」この世紀の「物語的小説家」ボルヘス論は、作品への深い愛情が行間にあふれていて、この一章のためだけでも、この本を読む甲斐があるというものだ。さわやかな読後感は、内容にふさわしく読みやすい訳文にも負うところが大きい。

（渡辺洋・橋本尚江共訳、みすず書房）

学者がときには気の遠くなるような時間をかけて、これと決めたテーマで研究をすすめる。彼が幸運であれば、その研究が学界の注目を浴び、ときには学問の世界を出て、人々の毎日のものの考え方にまで浸透するようになることがある。

ここに紹介する『地中海世界1・2』の編者フェルナン・ブローデルは、まさにそのような画期的な仕事をなしとげた幸運な学者のひとりだった。彼が一九四九年に世に問うた『フェリペ二世の治下における地中海と地中海世界』（邦訳『地中海』全五巻、浜名優美訳、藤原書店）は、「空間」という、政治や文化の偏見が介入する余地のより少ない視点から歴史を観ることによって、中世以来、水と油のように相容れないと考えられてきた地中海の両岸の歴史を、もういちど繋げてみせた。歴史を国家別に分けて考えることに慣れていた私たちは、彼の巨視的な視野に魅せられ、あたらしい目で周囲を見まわしたものである。

ほぼ一年半の間隔をおいて刊行された日本語訳『地中海世界』二冊は、一九七六年にテレビ番組としてフランスで放映されたものを土台に書きおこされたという。十二篇の論文中、ブローデル自身が執筆したのは第一巻の四篇と、第二巻の「ヴェネツィア」と題された一篇で、他は宗教、家族、ローマ史など、それぞれの分野の専門家が担当している。

総論ともいえる第一巻では、まず、ブローデルが、地中海に面した陸地と海、そして文明の夜明けについて述べている。読者は、やがて人類にとってかけがえのない文明が生まれることになる約束されたこの空間を、ほとんどその上を飛翔する者の目で把握することができる。やがてそこには、偉大な中心点としてのローマが生まれ、それにつづいて、三つ（ローマ的キリスト教、イスラム教、ギリシア正教）の宗教とそれがもたらす文明。「これらの文明の境界は国家の境界をつき破ってしまっている。それらの文明にとって国家はアルルカンの衣裳にすぎない」というブローデルの言葉は、今日の世界情勢のなかで特に印象に残る。いうまでもなくアルルカンは、色とりどりに染めわけた衣装をまとう、伝統的なイタリア喜劇の登場人物だ。地をはらばう虫けら的な読者の既成概念は、読み進むうちに、ブローデルの壮大な鳥瞰《ちょうかん》図的発想にゆっくりと引き込まれていく。

より具体的な問題がとりあつかわれる第二巻では、地中海世界が共有してきた、あるいは現在も共有する文化的遺産として唯一神の信仰、ローマ法の伝統、家父長制、南北に移動する民族間の軋轢《あつれき》などがそれぞれの専門家によって論じられていて興味がつきない。たとえば、ユダヤの「神のすべての約束をキリストの方に導いて流れを変え」てしまったキリスト教徒の基本的な態度が、かえって「ユダヤ人たちに自分たちの固有の精神的遺産を汲々として守らせるようにしむけることになった」というアルナルデスの指摘。しかも、当のキリスト教徒たちは「たしかに聖書を学んで」はいながらも、同時に「ギリシャ＝ローマ文明の担い手」としての意味をもつことになる。

とりわけ新しい学説ということではないのだろうが、総合的なものの見方が、第一巻のブローデルの鳥瞰図的な視野にシンメトリカルに呼応している。

「ヴェネツィア」と題されたブローデルのエッセイは第二巻のハイライトというにふさわしい。すべての細部を完璧に掌握した老大家が海の都市ヴェネツィアにささげる讃歌。冒頭の一節を紹介しよう。

「ヴェネツィアもまた（ロビンソン・クルーソーの島のように）大人あるいは大人に近い人間の、大きくなりすぎはしたがなお夢想することができる子供たちのための島であり、別世界なのである。（……）人はヴェネツィアについて現実にそれを識る前からあまりにも想像を逞しくするために、ありのままの姿が見えてこないのである。われわれは自分の中のヴェネツィアを愛しているのである。魔術、幻影、罠、魔法の鏡、これがこの都市の姿であり、われわれがこの都市に望んでいるものなのである」

ブローデル先生の案内で、読者はビザンチンの栄華、ルネッサンスの繁栄を多くの地中海人たちとともに生きたこの都市の華やかな歴史を知り、過去の詩人や作家たちと心ゆくまでヴェネツィアに遊ぶことができる。

小さな二冊の本の背後には、厖大な量の知識と教養があり、それを、総合的な視野と研ぎ澄ました文章感覚で叙述するブローデルの非凡な才能がある。そして「私は地中海をこよなく愛した」という、対象への深い愛情が、この本のすべてを支えている。写真と地図が省略されたのが惜しい。

（神沢栄三訳、みすず書房）

# 『シネマのある風景』　山田稔

夜、街をあるいていて、ふと、明かりのついた窓が気になることがある。あの中では、どんな人たちが、どんな気持であの明かりの下に集まっているのだろう。そろって、楽しくやってるのだろうか。若い夫婦だったら、一日の仕事を終えたふたりが、やっと顔をあわせることができて、ほっとしてるかもしれない。子供たちが大きくなった家だったら、その中のだれかがすねていて、夕食のあと、みながテレビをみているのに、すっと自分だけ部屋に入ってしまったりしてないか。そういった場面を映画が身近に描いてみせてくれることを、この本は教えてくれる。

評論というのではなく、「身辺雑記のなかにちょっと映画が出てくる程度」と著者自身はいうが、読むうちにああこんな場面もあったっけとつぎつぎ思い出す。一気に読破するというよりは、二、三章読んでは他の仕事をしたり、そうかと思うと、急にどうしてもその作品がみたくなってヴィデオ屋に走ったり、そしてまた読む、といった本で、外国の、それもマイナーな作品を中心に書かれている。

たとえば、『遠い声、静かな暮し』という作品についての一章。長女が結婚式の日に「パパが生きてたら」とつぶやいたのをきっかけに、三人きょうだいが断片的に父親を思い出す。心はたぶん優しいのに滅多やたらに暴力をふるい、だから家族に嫌われて、いつもむしゃくしゃしている孤独でダメな労働者の父親とその家族を描いた地味なイギリス映画だが、人生の「単純な、さびしい真実」を思い出させる作品だという著者の指摘が、そのまま、何人かの登場人物がさまざまな機会に口にする「どうしてあんな人間と結婚したのよ」という、だれにも聞き覚えのある疑問への静かな答えになっている。

また、いつも通る地下鉄の駅に、ずっとポスターが出ていて気にかかっていたのに、いそがしくて見落としてしまった映画についての文章もある。たとえば、『五月のミル』というフランス映画。六八年、ヨーロッパの若者たちを興奮させたあのパリの五月革命が、意外にも、のんびりした南仏の村のお葬式に集まったちょっとお祭り気分の人たちに連結されて話が進行する。一年のうちでもっとも愉しい季節、赤いケシが野に咲き、マロニエの緑と恋がいっぺんにやってくる五月に若者たちの「革命」が盛り上がったのは、けっして偶然ではなかった。パリの様子をラジオにかじりついて一喜一憂していたかつてのミラノの友人たちのことなど自分は思い出して、作品をみてもないのに感動した。これを監督したルイ・マルもまた（フランス映画のかがやかしい伝統にしたがって）、戸外のピクニック場面を撮るのがほんとうに上手だと、文章に添えられた写真をみて思った。

写真といえば、本文に添えられた写真がどれもいい。フェリーニの『アマルコルド』の、海辺の小さな町の人たちが舟で夜中に沖合を通る豪華客船を見物にいく場面の写真がとくにすばらしい。あの映画を覚えている人なら、この写真でもういちど大フェリーニの夢幻世界に遊べるはずだ。それから、アメリカ映画『ニノチカ』についての章にあるグレタ・ガルボが大口をあけて笑っている写真。神様が笑った、という感じだ。ディートリッヒより「どちらかというと」ガルボが好きという著者に賛成、そして映画に乾杯。

（みすず書房）

## 『誰がパロミノ・モレーロを殺したか』 マリオ・バルガス゠リョサ

二十年とちょっと前のこと、神と小説の死が叫ばれていた時代のヨーロッパに、ガルシア・マルケスの『百年の孤独』をはじめラテン・アメリカの新しい文学作品がつぎつぎと紹介されたとき、多くの作家も一般の読者も心からほっとした。やっぱり物語は可能だし、その快楽なしに人間は生きられないという、本来ならあたりまえのことが、政治論議にあけくれ、あるいは不毛な実験小説の砂漠に迷いこんで方角をうしなった人々のうえに慈雨のように降りそそいで、大きな安堵をもたらした。

一九三六年生まれのペルー作家バルガス゠リョサの『緑の家』(一九六六年)もそのような作品のひとつで、歴史や政治思想、地方の対立など現実的で困難な社会問題をあつかいながら、読者を力強くひっぱっていくたくましい語りと、いくつものプロットを絡みあわせた構成のすぐれた手法で心ゆくまで読者を酔わせてくれた。その後、バルガス゠リョサはフロベールの『ボヴァリー夫人』を包括的な視野から論じた『果てしなき饗宴』(一九七五年)を発表して、とかく難解な理論に走って硬直した当時の文芸評論に、読む者の愉しみを取り戻した。

『誰がパロミノ・モレーロを殺したか』(一九八六年)は表題からもわかるように推理小

説仕立ての物語。小品だが、名工の手すさびといった余裕を感じさせるエンターテインメント性のつよい小説で、ちょっと、と思って読みはじめると、終わりまですわりこんでしまう。たいした長さではないから、仕事をほっぽりだして読みふけった罪悪感もほどほどで済むのだが、そのときふと、これはペルーの政治的現状のぴりりと辛いメタファではと思いおよんで、はっとするという仕掛けだ。

串ざしにされて木に吊《つる》されるというむごたらしい死をとげた青年パロミノ・モレーロの足跡をたどるのは、シャーロック・ホームズとワトソンのずっこけ南米版、眼識するどい警部補シルバと手下のリトゥーマ。中年の警部補の他愛ない恋物語にまで、やれやれと思いながら、それでいてにやにやしながら、つきあわされる読者は、事件が起こった地方の人種差別や軍隊の横暴などという頭のいたい問題にも首をつっこむ羽目になる一方、かつてボレロの弾き語りで娘たちを酔わせたという青年パロミノの物語にすっぽりと魅せられる。デブちゃんの恋人の裸をひと目拝もうと海岸の岩陰にひそむ（犯人の追跡はひと休み？）警部補につきあわされる警官リトゥーマにとって、他人の女などどうでもいい。蟹が彼をほとんど絶望にみちびく。

「（リトゥーマは）上司の冗談やドニャ・アドリアナの出現よりも、蟹に気を取られていた。この岩山はその名のとおりだった。何百匹、いや何千匹もの蟹がいた。地面の小さな穴の一つひとつが隠れ家だった。動く土くれのように姿を現わし、いったん外に出ると縦横に広がって、ふたたびあの奇妙な形を取りもどし、前に進んでいるのか後ろに退がっているのかさっぱり分からないが、斜めに走りだす蟹たちを、リトゥーマはうっとりと眺めていた。〈パロミノ・モレーロ事件の、おれたちにそっくりだ〉と彼は思った」

恋のさやあてだったのか、政治的な犯罪だったのか、麻薬がらみだったのか。いったい誰が、やさしいパロミノを殺したのか。

（鼓直訳、現代企画室）

# 『パウル・ツェラン全詩集』全三巻

手にとって、ぱらぱらとページを繰ったとたんに、深くひきこまれてしまうような書物に出会うことは、めったにない。とりわけその本が訳詩集であるとき、このような出会いは希有といっていいだろう。パウル・ツェラン（一九二〇―七〇）全詩集は、私にとってまさにそのような本だった。三冊からなるこの詩集がそれほどの衝撃をもたらしたことについては、当然、いくつかの理由が考えられるが、まず、ツェラン自身の魅力について書くのが順序かもしれない。

これらの詩が私をつよくひきつけた大きな理由のひとつを私は、ツェランの隠喩のすばらしい硬さといったことばで表したいのだが、それは詩をもふくめて、私たちの周囲に氾濫することばの、がまんできない軽々しさ、まずしさの対極にあるものということもできるだろう。解説に引用された「詩――それはひとつの息の転換なのかもしれません。おそらく詩は道を――芸術の道をも――こうした息の転換のために進むのではないでしょうか」という詩人のことばは、とりもなおさず、詩が真正であるとき、人はそれによって日常の（ことばの）息ぐるしさから救われる、という明快で深い真実をあらわしている。生と喪失の痛みを秘めたツェランの詩は、まさにそのような時空のなかでつづられている。

たとえば、ブルターニュの風景を「エニシダの光、黄色く、斜面は／天に向かって膿んでいる、茨は／傷を求めている、／そのなかで鐘が鳴っている、夕べだ、無が／自身の海たちを祈禱のために転がす、／血の帆がお前に向かって進む。」(『言葉の格子』)と描写し、あるいは、たぶん、終わってしまった愛の時間について「ぼくは咲き終わった時刻の喪章につつまれて立ち」(『罌粟と記憶』)と表現し、また、おそらくは墓地を歩いていて「晩い赤のなかに　名前たちが眠っている――」(『敷居から敷居へ』)と書くツェランの詩行を追うとき、私たちはひとつひとつの現実が、日常を離れて組み変えられ、異語として身辺に迫ってくる事実にあらためて目をひらかされ、それによってもたらされるこころよい安息について、詩人に感謝せずにいられない。

しかし、すでに世界的な定評のあるツェランについてつたない賛辞をここで重ねるよりも、私はこの詩集が日本語に訳されたことの意味について、また、詩を訳すという作業について触れてみたい。というのも、この訳詩集が、ツェランというひとりの詩人が身をけずるようにして構築した言語世界を克明につたえると同時に、ことばをむりやりに従来の日本語という言語体験の範囲内に引き寄せ、そのなかに押し込めようとする当今の訳詩の手法をみごとに超えていると思われるからである。

柔らかさと詩(それは官能と詩という、もうひとつの私たちがうんざりしている低調な組み合わせにつながる)をとかく同一視したがってきたこの国の現代詩の伝統のなかで、とくにツェランのように、日常と硬く対立したところで造られた詩を訳すにあたって、これまで私たちにとって異質と考えられてきた硬質な知の体系に属することばをさぐり、そこにあたらしい美の基準を見いだそうとして全力を投入したこの訳詩集の意味は大きい。

たとえば「夏の報告」（『言葉の格子』）という題の詩のなかで、「空白の行が一行、」と訳されている草地につけられた一本の小径をあらわす訳語。このような冒険にみちた表現が選択されたことの勇気は感動をさそう。また、たとえばこの詩集でしばしば遭遇する「語たち」といったあたらしい表現を、ふたつの点から注目したい。まず「語」ということば表現が、詩語としてあまりにも生硬ではないかという疑問について。私は、これを弱点と考えずに、むしろツェランがきっちりと分けて用いる「語」と「ことば」というふたつの表現を日本語でも守りとおそうとする訳者の側に立ちたい。

もちろん、稜線を歩くものは、いつも転落の危険にさらされていることを忘れてはならないように、おなじ表現が繰り返し用いられるときには、日本語の伝統のなかにもうまい知恵が隠されている可能性も探られなければならないのはいうまでもないが。

さらに、訳者がこのんで用いる、複数をあらわす接尾語「たち」も、生硬という批判の目標になるかもしれない。しかし「さまよう語たちのうねりのなかに。」（『敷居から敷居へ』）、あるいは「語たちで　ぼくはお前を取り戻した」（『誰でもない者の薔薇』）などという詩行をみるかぎり、この危険はおおむね巧妙に回避され、詩行はかえって、成熟の時間を枝のうえで待っている青い果実のような、明日に向かった美しさを獲得している。研究者と詩人という稀な資質をかねそなえた若い訳者の、これからを見守っていきたい。

（中村朝子訳、青土社）

# 『記憶の形象　都市と建築との間で』　槇文彦

　今日の日本を代表する建築家のひとりで、代官山集合住宅や、慶應義塾大学図書館、聖マリア学院など、心にのこる作品の設計者でもある著者が三十年間に書いた文章をあつめた、六百ページにあまる大冊。こう書くと、あ、自分には関係ない、だいいち大きすぎるし、建築なんてわからない、と思ってしまう読者が多いかもしれないが、ここにおさめられた文章のほとんどは、私たち、とくに都市生活者にとって、街路の景観や建造物の意味をふくむ身近でしかも切迫した問題につながっていて、これらを建築や都市計画の専門家だけにまかせておくことはない。建築の素養のないものが読んでもじゅうぶん愉しい。

　ヨーロッパ、とくにイタリアからの客をもてなす機会がときにあって思うのだが、この二十年ほどのあいだに、東京という都市への彼らの反応が、すこしずつ変わってきたようにみえる。以前は、大半が東京の街並みをあたまから受容できず、その醜悪さを一方的にののしったものだが、最近、とくに若いインテリたちのなかには、この都市の自由なひろがりや奇妙な新しさに惹かれる人がふえてきた。

　だから東京はこれでいいなどというつもりは毛頭ないが、ヨーロッパの伝統的な都市の静的な固定概念だけが絶対的な標準とされてきた時代が過ぎ去りつつあることも確かなので、私たちは、都市のあり方そのものについて考えなおす地点に立たされている。柔軟な視点というものが、なによりも要求される時代であることに間違いないので、まさにそのような視点が、この本の基調となっている。

たとえば、建築や都市が「人間的」でなければならないという、今日では自明とされる論旨について、著者はつぎのように述べる。「われわれはここで、いわゆる人間的であるということを、たんに人間に対応したスケールの確保、ゆっくりした生活のテンポ、緑と太陽、静寂、歴史の保存といった形でのみとらえてはならない。真に人間的であるということは、どのくらいその時点において人間であることが尊重されているか、ということにほかならないからである」。解釈によってはほとんど過激といってよい文章だが、このような視点が、伝統という名のもとに過去を絶対視しようとする罠への警告としてこれを読むとき、文化のあらゆる分野に共通の指針として貴重である。

「無限に広がる空間区画による領域構成」にもとづくヨーロッパの空間意識が「中心」をめざすのに対して、日本では「奥」が求められるという著者の指摘はよく知られているが、さらに、この国での異常なまでの土地への執着を「日本人にとって土地は生きているものであり、その基盤に土俗信仰に深く根ざした土地への畏敬の姿勢がある」ためではないかとする仮説は示唆にみちている。

このような視点が「管理化社会の均質空間の美化へ建築家たちが協賛している間に」、

この国にふさわしい建築、都市の構想の機を逸するのではないかという著者の心配につながるとき、読者はこのすぐれた建築家の思索を、歴史や文化に深くかかわるものとして厳粛に受けとめる。子供のころの通学道から中部イタリア、ウルビーノにいたる著者の都市体験にもとづいたこの建築論・エッセイ集について、たとえば高校生が議論するのを聞きたい気がする。

（ちくま学芸文庫）

# 『この世界を逃れて』グレアム・スウィフト

最近、スウィフトという作家の本を読みました、というと、何人かの友人は、なにをいまごろという顔をした。あわてて、「例の（ガリヴァーの）スウィフト」ではありません。イギリス人だけれど、いま、四十三歳ぐらいの人です、とつけくわえると、相手は安心して話をつづける。しかし、おもしろかったですか、という質問には、すなおに、はい、とだけは答えられなくて、かなりすごいような本です、といった表現を足さずにはいられなかった。ただおもしろいで済ませてしまうには惜しい、重厚な作品だ。

物語はハリーとソフィーという男女のモノローグ（ソフィーの場合は、精神分析医に話しているのだから厳密にはモノローグとはいえないかもしれないが）を交互に置いたかたちで進む。現在点は一九八二年。冒頭、読者がとまどってしまうのは、ハリーが「あれは一九六九年、彼が死ぬ三年前のことだ」と語りはじめるのに、その「彼」がだれなのかは、しばらく（二十ページほどのあいだ）読者に知らされないからだし、つぎに出てくるソフィーという女性の正体もなかなかわからない。しかし、どこかで読み落としたのかと思って読みかえし、なにも説明がないのにいらいらするのは、ジグソウパズルの模様が合わないので、腹をたてて全部ひっくりかえしてしまうのとおなじで、いかにももったいない。

推理小説ふうともいえるこの手の作品に説明をくわえるのは反則なのだろうが、忍耐のない読者のために主要な登場人物をちょっと紹介するぐらいは許していただきたい。もと報道写真家でいまはイギリスで暮らしているハリー・ビーチとそのひとり娘ソフィー。彼女は夫と幼い双子の息子たちとニューヨークに住んでいる。ハリーが六十四年まえに生まれたとき母親が死に、それ以来、父親のロバートは息子の存在に目をそむけながらも、彼が興したイギリス有数の武器製造会社をやがて息子に経営させることだけを夢みている。だがハリーは報道カメラマンになり、ニュルンベルク裁判の取材中に知り合ったギリシア人アンナと結婚する。やがて生まれたソフィーは、祖父ロバートのもとで成長するが、その祖父の乗ったダイムラーが、忠実な運転手といっしょに北アイルランド過激派のしかけた爆弾で吹きとぶ。ソフィーとハリーはぐうぜんそれを目撃してしまった。

イギリスの美しい田園の十七世紀の邸宅、マンハッタンの精神分析医の診療室のカウチ。老い、あるいは死にむかって旅するギリシア人たち。報道写真家。著者があちこちにちりばめた社会史的、文化史的な鍵で、読者はひとつひとつ謎が解けていく愉しさに胸をときめかせる。戦争にあけくれた現代という時代そのものに深く傷ついているハリーと、裕福な武器製造業者の父親との断絶、ソフィーと父親との断絶と、著者のスウィフトは三つの世代間によこたわる断絶と、これに由来する人格の崩壊のテーマを追うようにみせながら、じつはイギリス、ひいては西欧世界の崩壊あるいはその予感が、三代の親子のいわば個人史に託して語られている。読後の深い充足感は近来まれといってよく、さらにもういちどひろい読みをすると、飛行機から自分の迷いこんでいたラビリンスを眺めるみたいにはっきりするのも愉快だ。歴史の意味が小説をとおして解明されるのが新鮮だし、ふしぎな納得性がある。

（高橋和久訳、白水社）

## 『バスラーの白い空から』佐野英二郎

仕事のあと、電車を途中で降りて、都心の墓地を通りぬけて帰ることがある。春は花の下をくぐって、初冬のいまはすっかり葉を落とした枝のむこうに、ときに冴えわたる月をのぞんで、死者たちになぐさめられながら歩く。日によって小さかったり大きかったりするよろこびやかなしみの正確な尺度を、いまは清冽な客観性のなかで会得している彼らに、おしえてもらいたい気持で墓地の道を歩く。

しずかな、あたたかい文章でつづられたこの小さな作品集を読んで、私は墓地の道を思い出した。師走の日々にとかくすさんだ心が慰められ、もしかしたら、来年はもうすこしやわらかい心をもって生きられるかもしれないというほのかな希望に、凩《こがらし》の冷たさを一瞬わすれた。ぎらぎらした気持で書かれたのではない本がしきりに懐かしい季節なのかもしれない。

セバスチャンという名をもらった愛犬が、早く逝った妻への追憶に重ねられて語られるが、やがて老衰したセバスチャンも「萩の白いむらがりに（……）月のひかりが一面に散っていた」夜、ひっそりと息絶え、そして著者自身も、この春、故人になった。商社員として、世界各地に転々と勤務地をもった彼がこのような文章を書くことを、ながいこと知らなかったと、著者の友人で、没後にこの本をつくった詩人があとがきで述べている。一冊の本にするにはなんともぎりぎりの量だし、あちこち書き足したり、表現を変えたりしたかったと、故人も思っただろうに違いないのだが、時間の終わりはあんまり早く来た。

もとは妻の希望で飼うことになったヴァージニア生まれのダックスフント、セバスチャンはこのように紹介される。「あれほど愛らしい生き物を、私はまだあまり見たことがない。生後四週間の彼は、ひとの掌にそのまま乗ってしまうほどの大きさでしかなかったが、成犬とまったく同じ色とかたちをしているのであった。黒のビロードで作った縫いぐるみの小さな犬が、君の膝の上で突然目を開けて少しずつ動き始めたら君はどうするか」。仕事が順調にすすまない時期に続いて、妻が癌に倒れる。つらい闘病の歳月をへて彼女が「静かにこの世を去っていった」あと、「何もかもが空っぽになってしまったような茫々とした気持で」いる著者のそばには、しかし、聡明で頑固なセバスチャンが影のように寄りそっている。孤独の想いが許容度をこえてしまうような夜更け、彼はふとセバスチャンに訊ねてしまう。「ヴァージニアに帰りたいか」

「船乗りシンドバッドが真白な鸚鵡をその肩にとまらせながら帆船から降り立った桟橋、それがバスラーの港である」ではじまる文章では、中東の港湾都市にかつて著者が短期赴任したころの友人たち、どういうわけか日本語を話すスウェーデン人の船舶技師、部品の故障で不時着した元気な米国空軍の飛行機乗りたち、国を追われたパレスチナ人の洋服屋などとの間に結ばれた若々しい友情の日々が語られる。「ぼくは、いつか必ずあのバスラーに行ってみるつもりだ」と二年まえに書いていた著者が、もういちどバスラーを訪れる話を書いてくれないことがさびしい。

抒情の原点に立つということ。そんなメッセージをこれらの短い作品は伝えている。

（青土社）

## 『さあ、あなたの暮らしぶりを話して　クリスティーのオリエント発掘旅行記』　アガサ・クリスティー

推理小説をあまり読まないのだが、ときどき熱病にかかったようにひとりの作者にとりつかれることがある。ジョルジュ・シムノンのメグレものを、ある夏、たてつづけに十冊ばかり休暇さきで読み、友人たちがあきれたことがある。つぎに夢中になったのがアガサ・クリスティーだったが、これは、まるで冗談半分みたいなやり方で、かたはしから事件を解決する、おしゃべり好きな老嬢ミス・マープルの、初々しい人柄に惚れて。そんないいかげんな読み方だから、アガサ・クリスティーという人の個人的な経歴についてはこれまでほとんどなにも知らなかったのを、この本を読んで、つぎは彼女の自伝というのもぜひ読みたくなった。

この本は、一九三四年から三八年にかけて、三回にわたって著者が参加したシリアでの発掘調査の冒険にみちた日常についての記録で、調査隊のリーダーは、著者の夫で著名な考古学者でもあった、マックス・マローワン氏。この人物の沈着で的確な判断によっていくつかの危機がつぎつぎと解決されるが、結婚してまもないクリスティーの熱い拍手がきこえるようだ。たとえば夫が選んだマックという「格子縞の毛布と日記帳」しか持ち物の

ない隊員を最初、著者は「人間的な反応のこれっぽかしもない」男として嫌悪するが、砂漠での日々を平穏に生きるにはその「鈍さ」こそが願ってもない特質だということに気づいて、夫の選択に脱帽するというエピソードは、マックという人物を描きながら、夫の洞察力をたたえるという仕掛けだ。

発掘の学術面よりは、砂、風、ネズミ、ゴキブリ、そして使用人たちのあきれるほかない数々の失策など、じっさいの状況はしばしば許容量をこえたにちがいない日々の暮らしが（砂あらしの中でも三時のお茶を忘れないイギリス人たち！）ミス・マープルよろしく、こまごまと述べられる。一九四四年に脱稿し戦後まもなく出版されたらしいが、書かれてから五十年ちかく経った本が、これほど身近で生き生きと感じられるのは驚異的だし、クリスティー一流の、とぼけたようでいて、けっこう辛辣なことも平然といってのける語り口、するどい観察眼と文章のちからが読者をぐいぐいひっぱる。

発掘のおこなわれる地域が今日、政治、経済、民族上の問題をはらむシリア、トルコ、レバノンにまたがっていて、町や集落や住民が調査隊の移動するにつれて微妙に変わっていく様子、それぞれの土地で、ときには使用人として、発掘隊の要員として、単に隣人として、ともに生活することになるシリア人、トルコ人、アルメニア人、クルド人、アラブ人など、さまざまな宗教を信じる、砂漠の住人たちの描写がすばらしい。おうせいな取引の精神にへきえきしながらも、ゆっくりと友情がはぐくまれる。イギリスからの郵便を渡し渋る整理ぎらいな郵便局長やアガサに「診察」してもらうよう「妻たち」を送りこむシーク。春、黄金のじゅうたんを敷きつめ、えもいわれぬ香りですべてを包みこむキンセンカの集落。「わたしは思いだしている——華麗な、縞のあるチューリップのような、あのチャガールのクルドの女たち。そして、ふさふさしたひげをヘンナで赤く染めたシーク」——アガサの愛した土地や人びと、その暮らしぶりに目をひらかれる思いで、もういちど湾岸戦争のことを考えた。

（深町眞理子訳、早川書房）

# 『南仏プロヴァンスの12か月』ピーター・メイル

四月である。

「市場のはずれで男たちがワイン協同組合のライトバンを囲み、うがいでもするようにしかつめらしく新しいロゼの聞き酒をしていた。その隣に地卵と生きたウサギを売る農婦がいて、そのまた隣の屋台には野菜が山と積まれていた。シソの仲間で葉が小さく香りの高いバジリコの束。樽に詰めたラヴェンダーの蜜。搾りたてのオリーヴ油の緑の大瓶」「私たちはトウガラシと大きな茶色の卵、バジリコ、山羊のチーズ、レタス、それにピンクの縞のあるタマネギを買った」

妻と、南フランスの地方の古い農家に移り住んだ、イギリス人の広告マン、ピーター・メイルは、神によみされた土地プロヴァンスで迎えるはじめての春のある朝、村で行きあった胸のときめくような光景を描いてから、こう結んでいる。「何もかもが美しく、おいしそうだった」

ニンニクをきかせた南仏ふうマヨネーズ、アイオリ、香草の匂いたつローストにシャンパン。月明かりに窓から見える、植えつけたばかりのラヴェンダー畑。「美しく、おいしそうな」この本が、英米では売れに売れ、ちょっとしたプロヴァンス・ブームを招いたと訳者のあとがきにあるのは、なにしろ原著者が広告マンだから少々差し引いて読むとしても、重い仕事の一日のしめくくりに、あるいは、子供たちがやっと寝てくれたあとに、あるいは、だれか友人がたずねてくるあてのまったくない雨の日曜日に、読者をやさしい休息にみちびいてくれる、そういった本だ。表題の示すように十二か月に章が分かれているから、数ページ読むだけで、また編み物に戻ってもいい。

著者たちが運よく手にいれた築後二百年の農家の改造。北風が猛威をふるう冬にそなえてセントラル・ヒーティングを入れ、イギリスからやってくる、しばしば手におえない(働き病の)友人たちもゆっくり泊まれるような部屋をこしらえ、夏場は戸外で食事ができるよう、巨大な石のテーブルを庭に据え、という遠大な計画は、がんこで、議論好きで、食いしんぼうで、気がむいたときだけ猛然と仕事にのめりこむプロヴァンス職人かたぎのまえに、何度も挫折する。

たとえば、問題一。電気メーターに黒くたかったアリはどうやって駆除するか。答え。検針員の主張するように、鉛管工の溶接用バーナーで焼き殺そうとして、電線まで焼いたあげく、アリと感電心中するよりは、鉛管工の提案にしたがって、この地方につたわる古い処方を用いるほうがいい。レモンを二、三個ぎゅっとしぼって、アリにかけると、レモンのきらいなアリどもはまたたくまに消えてしまう。ただし、おかげでメーターがべとべとになったとこぼす検針員の不平は聞きながすこと。フランス人はいったいに、お礼をいうのを、いさぎよしとしないから。

問題二。クリスマスまでにすべての工事を終わらせるには、どのような策を講じればよいか。答え。クリスマスの一週間まえに竣工パーティーを家ですると発表して、職人をひとりのこらず、〈奥さんといっしょに〉招待するといい。家でせっつかれるのはたまらないから、みな精を出して急ピッチで仕事を終える。ただし、パーティーのごちそうについては、本文参照。

（池央耿訳、河出文庫）

## 『エリオ・チオル写真集　アッシジ』

もし、十二世紀のある日に、アッシジの大聖堂から遠くない織物問屋に、やがてフランチェスコと命名される男の子が生まれなかったら、キリスト教が説く「清貧」の概念は、ずいぶん違ったものになっていただろう。フランチェスコの偉大さは、みずから選びとった「まずしさ」を、荘厳にではなく、たとえば詩のように本質的に生きたことにある。

数多い聖者のなかで、フランチェスコほど、生地そのものが人々に愛された例はすくない。彼を生んだウンブリア地方は、ルネッサンス発祥の地フィレンツェのあるトスカーナ地方とはすぐの隣りあわせというのに、山が多く、どこか近づきにくさを感じさせる景色そのものに、人間を超えたなにかを感じさせるものがあるのかもしれない。スバージオ山を背にしたアッシジの美しい丘と平野は、太陽に、月に、そして死にむかってまでも、兄よ妹よと呼びかけたフランチェスコをつねに想起させてくれる。

日本とイタリアの共同企画で生まれたというこの本だが、表紙裏の解説によると、北伊フリウリ生まれの写真家エリオ・チオルは、二十二歳のときに初めて訪れたアッシジのとりこになり、それ以来、この町を撮りつづけたという。おそらくは厖大な数のなかから選ばれた、モノクロ七十二枚、カラー作品三十八枚。カラー写真の大半は、ジョットをはじめ名匠たちによる壁画の個性的な部分写真によって占められているが、モノクロのほうは、アッシジのいくつかの教会と、これらを取りまく自然の表情が、心象風景のように追跡されている。とりわけ、「砦のようでもあり、ローマ時代の水道橋のようでもあり、チベット自治区のラサか、あるいはアンデスのマチュ・ピチュ遺跡のような、時間と空間を超えた聖域のようでも」とフランコ・カルディーニが解説に表現している、土地の人たちが「でかい修道院《コンヴェントーネ》」と呼ぶ、サクロ・コンヴェント（聖なる修道院）の南側面の全容など、つよく印象にのこる。暗夜、月光を浴びてなのか、単に人工的な照明なのか、まばゆいばかりの白い光を受けて、夢のように煌《きら》めく巨大な修道院と、斜面の下方に茂るオリーヴや雑木や畑の野菜それぞれの息づかいが聞こえそうだ。モノクロ写真の最初が霧の海に漂う孤舟のような民家で、最後がこれも霧のなかに浮かぶサン・フランチェスコ聖堂のファサード。この暗示的なレイアウトを通して、読者は、アッシジの象徴する理想が、霧の世界の外部では達成不可能かもしれないという、写真家チオルの戦慄をメッセージとして受けとるだろう。

フランチェスコの精神を現代に追うことの困難を、アッシジを目のまえにして涙する修道僧のエピソードを介して象徴的に述べる辻邦生氏の序文は、末尾においたフランチェスコとキアラと白百合の伝説とともに、聖地アッシジの性格を日本の読者にもよく伝えてくれる。そして、巻末のフランコ・カルディーニによる解説は、今日、感傷やレトリックぬきにフランチェスコを語ることの難しさを、アッシジを描くことによって達成しようとしたチオルの方法を、するどい分析をとおして高く評価している。写真集としてもむろんだが、アッシジを、フランチェスコを愛した、あるいは愛する、すべての人たちに見てもらいたい本だ。

(解説・白崎容子訳、岩波書店)

# 『氷上旅日記　ミュンヘン―パリを歩いて』　ヴェルナー・ヘルツォーク

最近、二冊の新刊書をつづけて読んだ。一冊はアメリカの作品で、心がほんのりと温かくなり、読後にはしずかな余韻が残る、いい恋愛小説だった。もう一冊の本は、なにか狂気のようなものに支配された日記体の文章で、読んでいて、ときどき、こちらの感覚がおかしくなるようなところのある、ドイツの映画監督の作品だった。

静謐《せいひつ》にあふれ、魂をやすらぎにみちびくようなアメリカ小説について書かないで、新鋭の映画人が、もとは自分のためだけに書いた、ややエキセントリックなこの作品をとりあげることにしたのは、この本のなかに、現代という時間を象徴するような要素が凝縮されていて、文体の観点からも（翻訳を通してではあるけれど）、より現代的に思えたからだ。ひとつまちがうと地球そのものが消しとんでしまうかもしれないのを、だれもが心の底で意識して生きている今日のような時代には、人間の存在そのものの呻《うめ》きを思わせるこんな作品が、かえって心をやすめてくれるのだろうか。

一九四二年にミュンヘンに生まれたヴェルナー・ヘルツォークは、最近、ドキュメンタリーの製作から出発した、あたらしいドイツ映画を担う異才のひとりといわれる。日記は、彼が、一九七四年の十一月も終わりにちかいある日、パリからの電話で、映画人としての彼を育ててくれた評論家のロッテ・アイスナーが重病だと知ったところからはじまる。このふたりの関係がどんなものだったか、読者にはなんの情報も与えられないが、報せを受けたヘルツォークの反応は異常といっていい。彼はたちどころに、ミュンヘンからパリまで磁石をたよりに歩いて、友人を見舞いに行こうと決めてしまったのだから。氷や雪や雨や暴風のなかを、濡れそぼち、骨まで凍りそうになって、憑かれたように彼は歩く。ひたすら歩く。まるで、歩くことによってだけしか、大切な友人は生きのびられないと信じているかのように。

　中世の巡礼たちは、聖地にむかって歩くという、肉体によるせつない祈りの表現ともいえる行為によって、とても自分の手には負えない災厄や悲しみの衝撃を和らげようとした。しかし、ヘルツォークの苦渋にみちた孤独な旅の場合、祈りを聴いてくれる神の存在が、中世人にとってほど明確ではなくて、旅そのものがほとんど自己破壊の様相をおびる。

　いや、ほんとうにそうだろうか。中世人の「神」のかわりに、彼には「友人」がある。友人の救済を身をもって希うことが、彼自身の救済にもつながっているのを信じる彼は、すべてをそれに賭けて歩きつづける。

　農家の乾し草小屋や、無人の別荘で旅人は夜をすごす。むろん、許可などもらわない。押し入るのだ。からだが臭《にお》うのを気にしながら、足の傷の手当てや洗濯をするために、ホテルに泊まることもある。そして朝がくると、彼はまた歩き出す。

「外は霧、何ともいいようがないほどの寒さだ。池には薄い氷が浮いている。鳥たちが目をさまし、騒々しくなる」

「窓から外を見ると、むかい側の屋根の上に、カラスがとまっていた。雨のなか、首をちぢめ、身動きもしないで。しばらくたってからも、あいかわらずじっとしたまま動かず、寒さで凍えながら、静かにカラス的思索にふけっていた。眺めているうちに、不意に兄弟のような感情が湧いてきて、一種の孤独感で胸がいっぱいになった」

悪天候、空腹、不潔、足の腫れと痛み、泥（自動車がはねあげる泥だ）など、快適にアレンジされた毎日の生活のなかで、私たちがほとんど忘れてしまった、あらゆる不快さや危険さえが、歩く彼をさいなむ。だが、こうして彼は、パリで重病の床にある友人に物理的に近づくだけでなく、むしばまれた彼女の生の感覚にも確実に近づいていく。

ノスリ、ゴジュウカラ、キツネ、ノウサギ、ネズミ、ノロジカ、オオタカ。ふだんは目にすることもない野の小動物たちが、歩く人間のために歌い、そばを駆けぬける。「これは車に乗っていたのでは気がつかないが、じつにたくさんの犬がいる」。人類がその場所で生をいとなんだ歴史を確かめるように記される、はてしない地名の列挙。そして、十二月十四日。歩きはじめてから、二十一日目、ぼろぼろになって、彼はパリにたどりつく。

ロッテ・アイスナーは生きていた。「ほんの一瞬のあいだ、死ぬほど疲れきったぼくのからだのなかを、あるやさしいものが、通り過ぎていった」

「目的地にたどりつくことが、巡礼の『目的』ではない。巡礼の『目的』は、旅の途上そのものにある」という中沢新一のあとがきのなかの言葉が、すべてを説明している。

（藤川芳朗訳、白水社）

## 『ハザール事典　夢の狩人たちの物語』　ミロラド・パヴィチ

それを読むと一種の化学変化のようなものが自分の中で起きてしまい、すくなくとも何時間か、あるいは何日間か、いや、もしかしたらそのずっとあとまで、物の見方や考え方に微かなずれや歪《ひず》みが生じるといった本がある。『ハザール事典』もそれに似た毒を秘めていて、小説好きの読者を存分に酔わせてくれる。

紀元七世紀から十世紀にかけて、黒海とカスピ海のあいだの地方に定住した（といわれる）ハザール族の僭主《せんしゅ》が、ある時、国をあげてイスラム教、キリスト教、ユダヤ教のいずれかに改宗することを宣言し、それぞれの宗教の代表を一堂にあつめて、どの教義がもっとも卓越しているか、論争させた。やがてハザール族そのものは絶滅するが、周知のとおり論争はいまも続いている。

この論争をめぐる人物や事件についての事典が、一六九一年にポーランドで刊行されたが、焚書《ふんしょ》に処せられて地上から姿を消していたのを、断片をたどって編んだのがこの『ハザール事典（第二版）』だと作者はいう。一九八四年、旧ユーゴスラヴィア（その国が離散してしまったのは、この書物にとってなんという象徴的な事実だろう）で話題を呼び、世界に紹介された。三つの宗教の観点から書かれているので、事典は三部にわかれ、赤、緑、黄色の書と名づけられている。

たとえば、「ハザールの王女アテー」の項を読んでみよう。まず赤色の書によると、王女は不美人で、毎朝、新しいモデルにならって「いかにも麗人の」顔に化粧した。そのため、彼女のほんとうの顔をだれも見たことがなく、したがって論争に出席したどの代表も自分の会った王女がはたして本人だったかどうか、決め手となる証拠を持たなかったとある。だが、緑色の書によると、アテーは絶世の美女で、話すと「小鳥が枝から枝へと飛び移るように、しきりに話題が飛び」、「それから数日後、（……）そのかろやかな思考のなかを羽ばたいて飛び去ったままとぎれた物語の続きが、聞き手は望まぬのに、またも舞い戻る」とある。アテーに関するかぎり、ユダヤ教の黄色の書がもっとも詩的で、美しい王女は「愛人ムカッダサ・アル・サファルの髑髏《どくろ》を帯に下げて離さず、粘土質の土と塩水をこれに飲ませていた。その眼窩《がんか》に矢車草を植えたのは、彼岸のかなたから眺めやる目に青の色が映るようにと」心をくだいたという。

つぎつぎと立ち現れるあたらしい項目のあたらしいエピソードが、アテーの顔のように読者の心を奪うが、なかでも、他人の夢の内部に入りこんで、それを読みとり、ときにはこれに操作を加える能力をもった「夢の狩人」と呼ばれる、ハザール族の「一派」の人たちの話は、深く印象に残る。ある狩人は、「だれよりも夢の奥深く入って行けたので、ついに神のいるところまで達した」ためについには夢が読めなくなったといわれる。

# 61　『ハザール事典』

事典という斬新なかたちをとったこの作品は、幻想的な物語としても、あるいはさまざまな方角から論じられた小説論としても読むことができ、作者自身が書いているように、たとえばクロスワード・パズルやルービック・キューブのように、自分のなかで自由に組み立てながら読んでもおもしろい。

（工藤幸雄訳、東京創元社）

# 『マシアス・ギリの失脚』池澤夏樹

「朝から話をはじめよう。すべてよき物語は朝の薄明の中から出現するものだから」

日本の小説にしてはいっぷう変わった題名の五百ページを越すこの物語は、まるで爽やかな叙事詩のようにこんな書き出しで始まり、いったいこの先どういう展開になるのか、まだ作者の手のうちが読めなくて心細い思いをしている読者を、いきなり、巣を出た鳥たちがやかましく騒ぎだしたばかりの南の島に連れて行ってくれる。朝、目が覚めて、あ、今日から夏休みだ、と寝床で考える少年のように、読者は、夢うつつのまま物語に吸いこまれ、自分も鳥になって、騒がしい群れといっしょに夜明けの空に輪を描きながら、島の出来事を高いところから眺める。

西太平洋の三つの大きな島といくつかの離島をふくむ通称ガギグラ群島と呼ばれる島々。十七世紀にこれを「発見」したスペイン人たちが、ナビダード諸島と名づけ、十九世紀にドイツ人に売りつけるまで、これを植民地にしてしまったという。その後に来たのが日本人、さらにアメリカの統治を経て独立に到ったのだが、島のひとつで人口二万の首都に君臨するわれらの専制君主的ヒーローのマシアスなどという太平洋離れした名も、ここいらがスペインの植民地だったころの名残らしい。

この人物の統治と失脚が物語の骨格をなしているのは言うまでもないが、もとよりこれは政治小説ではない。主人公の大統領は、ここ数年来、正確には年齢が六十を過ぎてからというもの、熟睡度があんまり深くなったものだから、目が覚めたとき、ほとんど自分がだれだったか忘れていて、そっくり日本ふうに造らせたヒノキ風呂の「羊水」に浸かりながら、まず「ナビダード民主共和国大統領マシアス・ギリ閣下」と百回、自分にむかって唱えなければならない。このどこか童話めいた、それでいて、彼が毎朝賞味するマグロの刺し身のように、妙な生臭さをまきちらす人物がまず、読者の首をかしげさせる。これはいったいどういうジャンルに入る小説なのか。

そして、ひとり者の大統領をひそやかにとりかこむ、奇妙な疑似家族。官邸の「内陣」で、かいがいしく、しかし無表情に大統領の身のまわりの世話をする日本女性イッコ、彼の肉体の欲望をおおらかに満たしてくれるフィリピン出身のアンジェリーナ、そして、大統領のたましいの故郷メルチョール島から来た神秘的な少女エメリアナ。大統領府の首席秘書官、ジム・ジムソン。ケンペー隊総監カツマタ。大統領のニッサン・プレジデントの運転手ハインリク。

とくに男性たちがなにやらいかがわしいこれらの人物群と島とを、日本という、これもいかがわしい「大国」がしっかりと包囲している。そしてマシアスは日本統治時代に知りあった龍造寺一馬という男のきもいりで、戦後、日本で八年も暮らし、政治や経済の暗いノウハウをしっかりと身につけたのだ。

四十七人（！）の団員からなる日本の慰霊団と、大統領の島をとりかこむ環礁に日本政府の金で日本のための石油備蓄基地を作り、この国の安全保障を約束する鈴木貫六という男が、おなじ日に島の飛行場に到着する。登場人物の名前をふくむ露骨な類型化が、彼らの政治的な素性を暴いているから、神経質な読者をかなりはらはらさせるのだが、大統領にはそれがさっぱり通じない模様だ。

慰霊団の到着と石油備蓄基地の話が大統領に持ちこまれた日を境に、島では正体不明の手によって、意味の不明なビラが貼られたり、神社の鳥居がひとりでに崩れ落ちたり、奇妙な現象がおこる。なかでも説明のつかないのは、慰霊団を乗せたバスが行方不明になってしまう事件だ。共同組合のマーケット前に置いたベンチに集まってくる老若男女が、さわがしい日々の意見交換のなかで、読者をはぐらかせながらバスの行方を報告してくれる。

どういう経緯でこのどっしりした大統領が失脚することになるのか、それは厳格に政治的な意味での失脚だったのか、それとも……そして失脚した大統領はどうなるのか。主人公が「マシアス・ギリという名を仮に捨てて、名もなき一人として」、彼の生まれ故郷でもあり、母の土地でもあるメルチョール島の祭りにまぎれこむエピソードは感動をさそう。自然に抱かれて我を忘れたように昂揚する語りが、島を被《おお》う緑と祭りの熱気とともにひしひしと肌に伝わってくる。

65　『マシアス・ギリの失脚』

「一本の幹から枝が出るようにというのではなく、もっと絡みに絡んで、蔦が絡んでそれに花が咲いたような小説」と作者が表現するこの作品を、今日、出口のみつからないまま迷いつづける小説形態への、大胆で総合的なひとつの問いかけとしても、さわやかな夏の朝の読み物としても、愉しむことができる。

（新潮文庫）

## 『すべての火は火』フリオ・コルタサル

夏の日曜日の午後、南高速道路から車でパリに入ろうとしている人間ならだれだって、フォンテンブローという出口表示を見て、ほっと一息つくだろう。パリまであと八十キロそこそこ。たとえ最後の難関が高速道路の出口だとしても、夕食はゆっくり家で食べられるはずだ。

しかし、一九八四年に七十歳で没したアルゼンチンの作家フリオ・コルタサルの「南部高速道路」によると、そうは問屋がおろさない。渋滞が悪夢の比喩を超えて、プジョー404、ドーフィーヌ、シムカ、2馬力シトロエン、タウナス、カラヴェルなどなどに乗った敏腕の技師やら恋する若い娘やらいかがわしい外国人やらやさしい老夫婦やらうるさい子供たちやらシスターやらが、十二車線ぎっちりの高速道路で、一夜を過ごし、いや、灼熱の夏が過ぎ、車の外に出るのもおっくうなほど寒い季節になっても、まだ、今日は二十メートル進んだ、ばんざい、とかなんとか言いながら、水不足に悩み、周囲の農民たちに嫌われ、死んでいく仲間を葬ることもできぬまま（死体はトランクに入れて密閉される）、ときには人格を車に奪われたりして、ひとつの共同体を生きつづける。たちの悪い冗談みたいな、だが深いところで感動をさそうこの物語をはじめ、八つの短篇からなるこの作品集は、どれもが絶妙な物語ゲームで読者をじゅうぶんに酔わせてくれる。かなり高度の注意をはらわないと、迷子になる危険性をはらんだ読み物にしては、誤植や訳が気になる箇所がちらつくのが残念ではあるが。

コルタサルは、物語性や空想を失って疲弊していたフィクションの世界にあたらしいエネルギーをもたらしたボルヘスやガルシア・マルケスやバルガス＝リョサらと共に今世紀のラテン・アメリカを代表する作家のひとりで、ポーを熟読したという彼の短篇には近来はやりの「分身もの」が多いが、人格分裂の悲劇あるいは非人間性をあげつらうよりも、むしろ、これらが書かれた六〇年代を象徴するように、運命共同体としての人間の存在感覚とでもいいたいものが核心にあって、それがこころよい読後感につながる。

表題作「すべての火は火」もそういった分身もので、ローマ時代に白人と巨大な黒人の闘技を観戦する総督とその妻の会話が、現代のパリのアパートで夜半、恋人ローランの浮気をなじって電話をかけているジャンヌの会話に並行して語られる。

はじめは段落で分けられているふたつの世界が（ジェンダーが明確に規定されている原文を、日本語に訳すのは至難のわざだ）、電話が混線するように混ざりあう。ローランがあたらしい愛人ソニアと寝ていて床に落とすタバコの火が、ローマの円形闘技場の厨房から出た火事につながり、すべてが火に包まれたところで、名人わざのきらめくこの物語は閉じられる。

しかし、ブエノスアイレスの都心の古びたアーケードから十九世紀ふうのパリに話が飛び、街娼ジョジアーヌを中心に、殺人鬼ローラン、なぞの南米人、そして話者という三人の男をめぐる物語「もう一つの空」が、ギロチン台に人だかりがする暗く湿ったパリの夜の雰囲気と、分身ストーリーのおもしろさと余韻が交差していて、評者にはなんとも棄てがたい。

（木村榮一訳、水声社）

## 『チェーホフの感じ』　ロジェ・グルニエ

「チェーホフを読んでみたら？　きみに向いているように思うけど」

遠い日に、だれかにそうすすめられて、すこしずつ、チェーホフへの親近感を増していった著者ロジェ・グルニエは、今年七十四歳になるフランスの小説家だが、この人の作品は、ときにあの偉大なロシアの作家の書いたものにくらべられるという。これまでに世界のさまざまな国の、さまざまな言葉で綴られてきた《わがチェーホフ》に、また一冊のすぐれた評伝が加えられたわけだ。

あるときはほんの数行、例外的に長い章でも三十ページという簡潔さで、ノートふうの乾いた断片をつみ重ねていく話のすすめ方が、最初は正直いって少々ものたりなかった。そのことが、しかし、これまでの評伝に共通する一種の重くるしさから作品を解放するための、意識的にもちいられた手法なのだと読者はしだいに理解し、それにひきこまれ、しかも、読み終わったあとに、チェーホフの全体像をしっかりと手にしたという充足感にみたされる。すがすがしい読後感。正面きった作品／作家論を展開しなかったことが、かえってこのエッセイ様式の評伝を本質的なものにしていて、読者はそのことに驚き、魅せられる。ひとりの作家が生きた軌跡など、すんなりとした物語につなぎとめられるほど、うまくつじつまのあうものではないじゃないか。そんなグルニエのちょっと機嫌のわるい声がきこえそうでもある。

「チェーホフは人間を愛していたのか」という問いを著者はなげかける。『ワーニャ伯父さん』のなかで作者を代弁するアーストロフ自身、「献身的に伝染病の治療に当り、手術をおこない、休む暇なく方々かけ回」っていたにもかかわらず、この医師の口ぐせは「私は人間を愛していない」だったではないか。作家にとって大切なのは、人間を愛するかどうかという倫理的な次元の問題ではなくて、人間に対して透徹した見る目を終始もてるかどうかなのだ。たとえば女性との交際などで支離滅裂なふるまいもあったチェーホフだが、「とにかく言えることは、ギロチンの刃のように鋭くあろうとする高徳の士よりも、かずかずの弱みをかかえた人間の側につく」のが彼だった。それくらいでいい、とグルニエは言う。聖人だったなんて、とんでもない。

筋がない、と当初はあまり理解されなかったチェーホフの小説や劇については、それがたぶん、いちばん人生に似ているからだ、とグルニエは考える。『かもめ』も『三人姉妹』も『桜の園』も、登場人物は「ほんのちょっとした端役でも」生きる不幸をすこしずつ、背負わされている。そのために「各瞬間が失敗であるように見える。そしてそうした瞬間の連続の最後に残るのは〈果されなかった〉という印象である。この未完の味こそが真のテーマなのだ」という指摘は共感を呼ぶし、チェーホフの劇が現代人に愛され、また、余韻を文学のなかで大切にしてきた日本人に愛される理由を示唆しているかもしれない。
生涯、自分は「陽気すぎる顔をしたり、厳しすぎる顔をしたりして人を欺いているような気が」していたと告白するチェーホフの作家的本質を断片で構成して物語るという斬新な方法に、感嘆と羨望をおぼえる。

（山田稔訳、みすず書房）

# 『天使も踏むを恐れるところ』E・M・フォースター

すこし時代がかった題名が読者をとまどわせるかもしれないこの小説は、『眺めのいい部屋』や『ハワーズ・エンド』あるいは有名な『インドへの道』、さらに『モーリス』など、最近、映画作品や翻訳によって日本でも多くのファンをかちとったイギリスの作家、E・M・フォースターが最初に手がけた長篇。一九〇五年作というから、夏目漱石の『吾輩は猫である』とほぼ同時代の作品だ。

ロンドン近郊の小さな町ソーストンに住むヘリトン夫人は、死んだ長男の嫁で、とかく謹厳な家風になじむことのなかった美しいリリアが、幼い娘のアーマの教育を彼女にゆだねて、一年の予定でイタリア旅行に出かけてくれたことにほっとしている。たとえ長男は死んでも、その未亡人である三十三歳のリリアがヘリトン家にふさわしく毅然として生きてくれなければ、世間体がよくないのだから。

ヘリトン夫人の束の間の安堵は、しかし、リリアがトスカーナの小都市モンテリアーノで婚約したといういかにも唐突な報《しら》せで無残に破られる。相手は正体不明のイタリア人だ。恥しらずな嫁の再婚を阻止しようとするヘリトン一家の「良識」的な策略は婚約者の「素直さ」のまえに惨敗し、リリアは気にいった人形を欲しがる子供の性急さで、彼女より十歳も若いジーノと結婚してしまう。リリアがこの男に心を奪われたきっかけが、夏の日、城壁に腰かけて、赤く夕焼けに染まった空を眺めていたジーノの完璧な美しさだったと、この作者らしい説明がついて、やがては複雑に展開することになる物語が始まる。

数年後に発表される『眺めのいい部屋』ではもっと明確になるのだが（『インドへの道』のインドも究極的には同じ）、彼の描くイタリアおよびイタリア人は、作者の知識と深い洞察に裏づけられているにもかかわらず、やはり作品が書かれた時代のイギリスのロマン主義が濃く影を落としていて、たぶん故意と思われる類型化がときに物語を型にはめているかもしれない。しかし、読者が忘れてはならないのは、作者の意図がイタリアとイギリスという対比にあるのではなく、むしろ、作者自身をとりまいて、彼を苦しめることの多かった偽善に満ちたイギリスの上流／中産階級の人びとの生き方を浮き彫りにすることにあるという事実だろう。フォースターの作品における外国は、究極的には、自国の文化への批判を可能にするための起爆剤なのだから。

今日の読者を愉しませるのは、だから、すくなくともこの小説に関するかぎりは、ややグロテスクに展開するプロットそのものではないように思える。かえって、いくつかの場面、たとえば冒頭のチャリング・クロス駅でリリアを送る家族の群像、また、菜園で娘と嫁のわるくちをいいながら、「いちばん愉しいから最後までとっておいた」エンドウ豆の種蒔きをするヘリトン夫人（豆は、夫人がリリアの不意打ちにあわてている間に、ぜんぶ、スズメに食べられてしまう）や、途方にくれたジーノの面前で手ぎわよく赤ん坊にお湯をつかわせる本来は平凡なアボット嬢が思いがけなく再現するルネッサンスの聖母子像など、淡い皮肉をまじえた、どこか古風な文体で語られるこれらの絵画的な場面こそ、フォースターならではの出来ばえで、深く記憶に刻まれるだろう。

（中野康司訳、白水Uブックス）

# 『抱きしめる、東京　町とわたし』森まゆみ

もう二十年もまえのことである。東京の下町で大きな工場を経営している友人が、こんど息子が結婚するので、ぜひ来てくださいといって、山の手のホテルでおこなわれた披露宴に招んでくれた。深川の木遣節なども威勢よく歌われて、私にはめずらしいものずくめの楽しい会だった。宴が終わり近くなったころ、新郎のお父さんである友人が立ってあいさつをした。きょうはみなさん、遠いところを息子のためにおいでくださって、のあたりまでは、ごくふつうのあいさつだったのが、友人は急転回して、こんなことをいいはじめた。とくに、おそろいで本日こころよくご出席くださったご近所のみなさん、ありがとうございました。息子がどうにかまっとうに育ってこんないいお嫁さんを迎えることになりましたのも、まったくみなさんのおかげです。百人近い招待客の多くが、友人の家のある深川の隣人たちだということが、そのときわかった。彼はつづけた。いたずらをすれば叱り、病気になればご心配いただいた。息子は人の生き方の基本みたいなものをみなさんから教えていただいたのです。

自分の生まれ育った町と、そのなかに位置してきた自分の家族についての森まゆみさんの本を読んで、いまはむかしのことになってしまった深川の人たちの披露宴を思い出した。

日常の雑事も、心がそっと記憶している事どもも、なにひとつ残さずに、ほとんどおなじ平面のうえにおいてひたすら記録する。書くことへの著者のひたむきな意欲がこの本をたえず突き上げていて、読み手はそのことにまず圧倒される。町に住む著者の身におこったあらゆるできごとが、日常的な表現そのままで容赦なく記録され、さらに著者の厖大な「町」についての歴史的、社会学的、雑学的知識によってとびきり上等な説明が加えられていく。

「動坂」という地名がまず記録される。歯科医夫妻を両親に生まれた著者だが、父方と母方どちらの祖父も歯科医だったというめずらしい家系だ。関東大震災のあと、浅草から越してきた父方、いや母方だったかな、の祖父の歯科医院があった動坂の手ぜまな家で、著者はすくすくとそだつ。花電車を見に連れられていった遠い記憶。

一九五四年生まれだという著者の幼時の叙述で目をみはるのは、小さな彼女が見ていた東京が、彼女のお母さんと同年齢の私が幼かったころの東京とあまり変わらないことである。動坂のあたりが、私のそだった麻布界隈のように空襲で焼けたり、強制疎開で家を取り壊されたりしなかったせいなのか。日がな一日、都電の音のうるさい動坂のあたりも、ちょっと裏にまわればこんなにひっそりしていた。

「その近くには水晶ローソクの社宅の一角があり、平家《ひらや》の木造の家が静かに立ち並び、囲いの中の人々はみな小園をきれいに植栽していた。水仙やカスミ草やシャガやツツジが咲き乱れ、（……）猫を追いかけ、そこに入り込むと、また裏道に抜ける狭い路地がある。迷路のようなあちこちの家々の隙間こそ、私たちの小天地だった。おしろい花の黒い実をつんで、内の白い粉を集めて頰に塗ったり、サルビアの花の蜜を吸って遊んだ」

四歳で幼稚園、越境入学した本郷の誠之《せいし》小学校、それから国立女子大付属の中・高等学校、さらに女子学生がほとんどいない早稲田大学の政経学部と、著者はいわゆるエリート・コースを駆けのぼっていくが、その間、町は彼女の意識から少しずつ、遠のく。しかし、結婚を経て、子供たちが生まれ、もういちど町に戻った彼女の肩に、こんどは地域雑誌「谷根千」（谷中・根津・千駄木）の発案者で編集者というかたちで、「町」がずっしりとのしかかってくる。「私たちは『手に負えるメディア』をつくる楽しみを牧歌的に味わっていた」から「雑誌をはじめて自分の町というものを対象としてとらえることになった」までの成長の過程。バブルの時代がきて地上げ屋たちが町を破壊していくころ、地域誌のありかた、受けとられかたに満足しない著者の目はずっと先を見つめはじめている。

「行政も市民も『町づくり』というのは人が寄りあい仲良くし、何ごとかを一緒にやることだと思っている。人は集れば集るほどよい、というわけである。だが私は一人でもできることを集ってやることはない、と思う。人には絆を求める要求と孤独でいたい要求があり、双方、大事にしてこその自由であり、町づくりなのではないだろうか」

東京を住みやすい町にするために、著者が具体的に列記するこまごまとした解決策や、

「私たちは後ろ向きに前進するしかない」という結論のスローガン的な不透明さはすんなりと納得できないけれど、この記憶すべき「東京人物語」をまとめてくれた森さんに感謝したい。

（講談社文庫）

# 『ヨーロッパとは何か　分裂と統合の一五〇〇年』クシシトフ・ポミアン

老いたヨーロッパの将来は暗い、という人たちがいる。たしかにそうかもしれない。もうヨーロッパに学ぶものはない、と胸をはっていう人たちがいる。でも、と私は思う。たしかにヨーロッパはひとつの危機に面している。しかし、明治以来、その地の文化に重く寄りかかってきた私たち日本人は、まずヨーロッパが過去においてどういうものであったかを理解しないと、自分たちの今日と明日を正確に測れないのではないか、と。東欧をもふくめたヨーロッパの人たちが、遠いローマ時代から今日にいたるまで、いったいどんなふうに歩いてきたかについての疑問に、この本は明確に答えてくれる。

ポーランドに生まれ、たぶんその名字からはアルメニア系で、現在パリ大学で教えているという著者の「多言語」的背景が、まずこの本への好奇心をさそった。そういう人物なら、近現代のヨーロッパを動かしてきた「大国」の人たちが陥りやすい、自国中心の考え方をしないで、別の目で見たヨーロッパを示してくれるかもしれない。そんな私の予想はおおむね的中した。もちろん、すべてを言いつくしているわけではないが、たとえば中欧、東欧、そしてロシアをしっかりと視野にいれている著者の論旨から学ぶところは大きい。翻訳も、術語を正確／平明に訳そうとする努力がみえるし、ていねいな索引もありがたい。

思想とそれを基点とする文化がたがいに衝突しあいながらヨーロッパというひとつの集合体が出来上がっていく動的な過程について、著者は文化についての本質的、普遍的な理解にもとづいて論をすすめていて、読者はたえず過去を今日の時代に照合しながら読むことができる。それぞれの時代の専門書には書いてあるのかもしれない、だから歴史家にとっては周知の事実でも、私たちふつうの読者には、ああそうだったのかと目が開かれる指摘にいくつか出会った。

なかでもロシアとアメリカが十八世紀になってほぼ今日の形態をもつようになった経緯について語りながら、地理的にも両者のはざまに位置したヨーロッパがあたらしい自己アイデンティティーを探らなければならなくなったという著者の見解は示唆にとんでいる。西欧におくれ立ち上がった（当時の）ロシア文化／政治についての分析は、当然、その国が今日おかれた状況についても考えさせる。

それだけではない。たとえば、あのアッシジのフランチェスコがはじめた托鉢修道会の形態が、それまでの（広大な農地を支配する）ベネディクト派系大修道院にとってかわるのは、当時形成されつつあった小都市の思想につながるという指摘。あ、フランチェスコは都会的人間だったのかと、いくつかの疑問の縄目がすっとほどける。また「（近代）ヨーロッパ文化は、多言語使用者、旅行者、翻訳家の仲介によって相互に影響しあう文化の集合体になった」という指摘。そして、「民族《ネイション》、国家《ステイト》、イデオロギーに関する自己中心主義」「いかなる正当化がなされようとも、自給自足体制を選ぶ姿勢、あるいは、覇権的な役割を追求する態度」こそ、著者が「第三の統合」と呼ぶ欧州連合の実現を危うくするものだという警告は、大きな岐路に立つ私たちにとっても貴重な指針になるはずだ。

（松村剛訳、平凡社）

## 『都市の誘惑　東京と大阪』佐々木幹郎

火照るような暑さが街にたちこめていた。さあ、と祖母が、前日の晩、茶の間で紐に通していた五銭玉の輪をほどいて手渡しながら、はずかしさにためらっている私を小声でうながした。ひとりにひとつでっせ。お渡しするときは、自分がいただいてると思うて、な。難波《なにわ》一心寺を出たところの坂道には物乞いがずらりとならんで、四天王寺の施餓鬼会《せがきえ》帰りの人びとを待っていた。幼い私にとっては、なんともはや気味のわるい一日だった。一心寺では人骨でつくったのだと祖母が説明した灰色の仏像を拝まされた。それればかりか、女の人の髪の毛で編んだという綱が壁いちめんにかけてあったのもあの寺ではなかったか。どぎつい色の千羽鶴が黒髪の綱のあいだに揺れていた。そのあと連れられていったのが、この西日のあたる坂道だった。

死者の骨を寺に納めると十年ごとに一体の仏に合わせ祀《まつ》ってくれるという一心寺の骨仏の話ではじまるこの本の魅力は、大阪ではこうだけれど、東京はこうだふうの、月並で平板な比較都市論ではないところにある。自分を生んでくれた大阪と育ててくれた東京という両方の街を愛する著者が、ふたつの都市をかたちづくってきた精神のふるさとのような対象物をいくつか挙げ、それについて具体的にゆっくりと論をすすめることで、読者が、都市というもの、また都市と伝統といった問題とその周辺に、知らず知らずのうちに引きこまれるように仕掛けられている。歴史を緻密に調べたうえで、ときには著者が古地図を片手に歩いて確かめたらしい地理的な探索が土台にあって、土地への愛情がじかに伝わってくる。ちなみに、大阪の（合理精神のあらわれともいう）骨仏に対し、東京では無縁仏のかたちで祀られることが多いという。

そして話は不可避的に醤油におよぶ。うすくち醤油の由来をたしかめに、著者は京都から兵庫県は揖保《いぼ》川のほとりの龍野まで足をのばし、ヒガシマル醤油の工場をおとずれて、なんとうすくち醤油は十七世紀の半ばすぎに発明されたにすぎないことを発見し、混乱する。そのころまで《下り醤油》と呼ばれ、江戸で珍重されていた関西の醤油は、質において関東の醤油を凌駕していただけで、味でいうと濃口に近かった。関西のうす口が大阪に伝わるのは、幕末だったらしい。いっぽう、千葉は野田のキッコーマンを訪問した著者は、関東の醤油が江戸期には質を高めていって、《下り醤油》にたよる必要がなくなり、さらに、関東平野の大味な野菜によりよく合う塩味のきつい濃口醤油を育てた経緯を理解する。探索に出かけた著者自身がびっくりしているのがおもしろい。

大阪と東京の目抜き通り、道頓堀と銀座の広告についての章も愉しい。道頓堀ではもちろん、例の巨大なカニの話が登場するが、川すじに面した道頓堀では道幅が限定されているために、歩行者の目があまり高いところに届かない、だから、広告はもっぱら壁面を目ざす、というのである。その対極にあるのが、だれもが見上げる銀座の和光、むかしの服部時計店の時計だといわれると、なるほど、と読者はうなる。どのページにも、詩人の正確な目とすなおな文章が光っていて、それがこの本をうさん臭さや、高飛車なもの言いや浅薄さから救っている。さわやかな本だ。

（TBSブリタニカ）

# Ⅱ　好きな本たち

# 『アリス・B・トクラスの自伝』を読む

『月の出をまって』という映画がいいから、ごらんになってくださいと若い人にいわれ、まずその題が好きになったので、見に行った。ガートルード・スタインと、その秘書みたいだった人との話ですと聞いて、そのことからも、これはどうしても見なければと思ったのだった。作家としてのガートルード・スタインへの興味からというよりは、ヨーロッパで暮らしていたあいだに、彼女や、シェークスピア商会のシルヴィア・ビーチについて、いろいろな機会に読んだり聞いたりしていて、漠然とした親近感をいだいていたからである。さらに、その「秘書みたいな人」というのが、アリス・トクラスという名と知って、驚いた。ミラノにいたころ、貧乏暮らしのわりには次々と買った料理本のなかに、『アリス・B・トクラスのクックブック』というのがあって、レシピそのものは、とりたててどうということはないのだが、表現がおもしろくて、ときどきページを繰ったことがあった。

とにかく映画を見て、自分が今日までこの不思議なアメリカの作家について、ほとんどなんの知識ももっていなかったことにおどろいた。そして映画がスタインの『アリス・B・トクラスの自伝』をもとにしながら、ほとんど新しく創作された脚本だと知って、ぜひ、その原作が読みたくなった。そして読みながら、また読みおえてから、じつにいろいろな考えがあたまに浮かんだのだった。

この本を読む人は、まず、アリス・トクラスの自伝と題をつけておきながら、自分のことばかりえんえんとしゃべりつづける、スタインに圧倒されるだろう。ピカソやら、マチスやら、アポリネールやらが、ただその辺の友人の古い写真帳の中の人物のように、ごくかんたんに出没する世界というのは、たしかに《ふつう》の状況ではない。それでは、この本は、登場人物が《有名人》だからおもしろいのだろうか。この本を読んだあと、読者はこれら登場人物について、たとえば、立体派の画家たちが世に認められるまでは、ずいぶん経済的にも苦労したのだ、というようなまったく月並な話以外に、彼らについてどんなふうな知識をふかめるのか。

そう考えてゆくうちに、私はあのマッギルという、映画の脚本を書いた人の手のうちが少々わかったような気がしてきた。それはこういうことだ。すなわち、スタインは、ピカソやら、マチスやら、アポリネールやらの名を、まるでトロイ戦争の英雄たちでもあるかのように使って、天才たちがひたすらあっちへ行ったり、こっちへ行ったりする話で人の目をくらませておいて、じつは、ある時代のパリで、自分がアリス・トクラスとどんなに楽しい日々を送ったかについて書いているのではないか。さらにその楽しい生活の大きな原因のひとつは、他でもないアリス・トクラスである。だから、彼女の名をそのまま本の題名にしてしまったのではないか。そう考えてみると、スタインがアリス・トクラスに浸潤してしまったようなこの本の書き方も、なにか納得できそうである。

脚本を書いたマッギル、あるいは監督のゴッドミローは、この本の中にある叙事詩的なコードを、ぜんぶ、抒情詩のそれに翻訳してしまって、ふたりの愛情についてだけ、話しているようにみえる。だから、原作にも、歴史上にも存在しなかったアポリネールの赤ん坊がいたり、森のなかで、アポリネールがコクトーと食べたキノコや、「満天の星」のはなしに耳をかたむけたりすることになる。

しかし、それでは『アリス・B・トクラスの自伝』は、ガートルードとアリスの愛の物語なのかというと、そうでもないのである。この辺りが、この本の、そして書物というものの醍醐味なのだろう。たとえば、税関吏《ドゥアニエ》ルソーの絵がはじめて認められて、それをピカソが買ったときに、ピカソ夫人だったフェルナンドがルソーのために催す祝賀パーティー。注文したお料理が到着しない、電話が通じない（それにしても、どうしてフランス人はあんなに電話と相性がわるいのだろうか。世界の非フランス人が寄りあって『フランスで電話が通じなかった話』という本を書いたら、またたく間に東京都の電話帳くらいの大冊ができるだろう）。さてそれですべてがおじゃんになるかと思うと、結局はフェルナンドが作っておいた「ヴァレンシア風お米料理」(これはパエリヤのことだろう、たぶん)で充分まにあってしまう。注文したお料理がもしちゃんと到着していたら、この山のような「お米料理」はどうなっていたのだろうか。それにしても、仕出し料理屋のフェリックス・ボタンは、あの日、どうして雲隠れしてしまったのだろう。それから、「当時うちへ来ていた」すこしも面白くない「もう一人のドイツ人」の話。そのドイツ人に恋をしているのだが、毎土曜日の夜のスタイン家の集まりではけっして家のなかに入らず、ただ「中庭の暗がりの中でチェシャイア猫のように笑って」いたスカンジナヴィアの「大女」の話。スタインの、軽妙なアイロニーに彩られた筆に、読者は、自分がこれまでに出会った、そして自分自身もなんどかならされたことのある、中途半端な笑みを浮かべたすべてのチェシャイア猫を思いだし、また、料理はそろわなかったけれども、結局はうまくいったパーティーを思いだすのだ。

これはなかなか手ごわい文学作品かもしれない、それにしてもこの書物からあの映画は生まれたけれど、その反対はおこり得なかっただろう、など、読者は愚にもつかぬことを考え、このつぎは、スタインの何を読めばいいのかと、巻末の文献目録を眺めている。

(金関寿夫訳、筑摩叢書)

# まるでゲームのようなはなし

## ヴェッキアーノにタブッキを訪ねて

フィレンツェの友人にもらったアントニオ・タブッキの『インド夜想曲』（白水社）をはじめて読んだのは、昨年の春、イタリアから日本に帰る飛行機のなかでだった。こんどおなじ白水社から出る『遠い水平線』も、やはり昨年、メキシコに行く飛行機のなかで読んだ。そんなことから、タブッキと私は飛行機のなかでばかり出会う運命かもしれない。そう書きそうになってよく考えたら、それは単にタブッキの本がどれも小さくて、旅行中に読むのに便利だからとわかって、なあんだと思った。

タブッキの作品を訳すことになって、まず驚いたのは、私がそれまでに訳を手がけたナタリア・ギンズブルグの作品の世界との決定的な違いだったかもしれない。ギンズブルグの訳に必要な語彙は、いわば、ほとんど自分の内部にあるものでこと足りたから、虚構性のつよいタブッキのテキストにとりくんだとき、私は、いきなり見なれた街並みから、アマゾンの原生林、というと言いすぎだが、すくなくとも未知の街角に立ったぐらいの心細さにみまわれた。同時に、洒脱な知性にささえられた、ゆたかな文学性がかぎりなくなつかしいものに思えた。

今春、彼に会うため、ローマから電話をかけたとき、私は（いつものとおり）あらゆるペシミスティックな予想のとりこになって、氷づけのサカナみたいに硬直していた。しかし、もしもし、タブッキ先生にお話ししたいのですが、という私の問いに、いきなり、ボンジョルノ、ぼくですが、と返ってきた、彼のとびきりいきのいい返事が、あっというまに、すべての氷を溶かしてしまった。一瞬のうちに、私はピサに近いヴェッキアーノの彼の仕事場（彼の「家」はフィレンツェだが、週日は大学のあるジェノワにいて、仕事をするため週末はピサだそうである）をたずねるよう指示されたのだったが、シャンペンではじまった、彼の手料理による午餐の歓待も、トスカーナの田舎のどこにでもある、さして古くない平凡な中流家庭ふうの家の内装が、冗談半分のような草色のプラスチックの食卓と椅子で見事に破られていたことも、すべて意表をついていて、愉快だった。

ローマから電車で二時間、ピサの駅前の、チネマ・ヌオヴォという映画館のまえで、タブッキは私を待っていてくれるはずだった。映画館はすぐ見つかったが、そのまえでキョロキョロしていたのは、タブッキでなくて、髪のくろい、長身のうつくしい女性だった。いま、アントニオはタバコを買いにそこまで行ってしまって、と女性は言い、彼女がポルトガル人でタブッキ夫人だとわかるには手間はとらなかった。まもなく、写真で見たとおりの、チョビ髭をはやしたタブッキ氏がやってきたが、もういちど驚いたのは、彼が、パリから来た、フランス語しかはなさない、タブッキの小説を舞台にのせようと奔走している若い演出家を連れていたことだった。その結果、タブッキ家ですごした午後の時間が、伊・葡・仏、三カ国のことばのピンポンゲームになってしまったことは、いうまでもない。ボンゴレ（アサリ）のパスタも、山のようにゆでたアスパラガスにとりどりのチーズをそえた主菜も、よく冷えた白ワインも、食卓にとびかう三カ国語にまざって私の胃袋におりていった。

ヴェッキアーノというその田舎町について、私に可能な話題があるとすれば、それは、タブッキの本を最初私にくれた友人が、やはりその辺りの田舎でいつも夏をすごしているということぐらいだった。問われるままに、私が、友人がふだん住んでいるフィレンツェの街の名を口にすると、え、とタブッキがたずねた。なんていうの、その人？

なんと、タブッキのフィレンツェの家は、私の友人の家とおなじ通りにあり、しかも、その人の（私も面識のある）弟さんとタブッキは、かなり親しいというのだ。この家にも来てくれたし。彼はどれだけ親しいかの証拠みたいに、そうつけくわえてから、「ぼくたちには、共通の友人がいることがわかりました」と、律儀なフランス語で、きょとんとしている演出家に報告した。

話がふりだしにもどった、と思って、私はおかしかった。でも、こんなゲームもどきな出会いこそ、まさにタブッキ的なのだろうか。

# 新しい救済の可能性を示唆する物語
## 池澤夏樹『スティル・ライフ』

「大事なのは、山脈や、人や、染色工場や、セミ時雨などからなる外の世界と、きみの中にある広い世界との間に連絡をつけること、一歩の距離をおいて並び立つ二つの世界の呼応と調和をはかることだ。

たとえば、星を見るとかして」

「スティル・ライフ」の導入部で、意表をついた三角形を思わせるこんな文章に出会って、この作家はいったい、どこに読者を連れていこうとしているのかと不思議さにうたれ、さらに数行読むうちに、どこでもいい、ついていこう、と思ってしまう。この小説には、他の多くの池澤作品と同様、そんな魔法が冒頭から仕掛けられているようである。

こうして、読者は、まだ自分の生き方を模索中といった年頃の「ぼく」と、彼よりはいくつか年上で、かなり世間をあるいてきたらしい佐々井と名乗る友人との対話を軸とした物語にさそいこまれる。二人はアルバイトの職場で知りあって、仕事の帰りに飲みに寄るバーで、しばしば話しこむのだが、会話の内容は、仕事でもなく、同僚のうわさでもなく、佐々井の「理科っぽい」語りによってリードされる。そして「ぼく」は、たぶん読者より半歩ほどさきに、「蝶のマニアが珍種について喋ったり、犬を飼っている者が犬の賢さのことを喋る風ではなく、たまたま歩いていて見かけた蝶のことを口にしているような話しかた」で、宇宙や微粒子やコップの中の透明な水の話をする佐々井に、急速にのめりこんでいく。

佐々井は「時おり、ぼくが探しているもの、長い生涯を投入すべき対象を、もう見つけてしまったという印象」を「ぼく」に与え、自分が「ふらふら人間」であるという意識を「ぼく」の中に呼びさまし、「きっとぼくは天気というもの全部が好きなんだ」と言って、「ぼく」の信頼をかちとる。「ただの山の写真」を見るこつを伝授し、「しばらく声が出なかった」ほどの感動で、「ぼく」と読者をゆりうごかす。

佐々井が職場をやめ、しばらくして「ぼく」に自分の仕事を手伝ってくれないかと頼み、二人は（「ぼく」が、ぐうぜん、まるで自分のもののように使用することを許されている）広大な住居でいっしょに暮らすことになる。このあたりからは、やや意外なストーリーが展開していくのだけれど、それがどういうことかを説明してしまっては、読む愉しみを奪ってしまうから書かないことにする。重要なのは、作者がここで、決定的な操作を佐々井に加え、そうすることによって、彼を「英雄」としての固定化から救っている事実である。佐々井という人物は、やがてワキの記憶のなかで霧消してしまう夢幻能のシテのように、無限に拡大してしまうが、「ぼく」にとっても、読者にとっても、彼に出会ったことの衝撃は、生涯ついてまわるはずだ。

読みすすむうちに、読者は、この作品におけるストーリーの役目が、「星を見るとかして」によって代表されるような、それだけでは物語性をもたない純粋に詩的な燦めきを、小説とか散文の世界につなぎとめる手段なのだと気づくだろう。ちょうど、小さな緑の笹舟を走らせるには、動く水の流れが必要なように。それは、まるで、詩の純粋さを守ろうとしているかのようでもある。

そして、このストーリーは、見ようによっては、小説としての骨組みを支える、作品の構造部分ということもできるだろう。腕のいいエンジニアのように、作者はきっちりと、親切に（この親切さは、実験的とよばれるこの種の小説には、今日、めったに見られない希少価値である）、構造の部分がみなの目に触れるように、作品を組み立てている。いまさら、隠しだてしても意味がない、というようでもある。

読者は、このようなストーリーの展開によって、少々思いがけない具体的状況を告げられたとき、すこし鼻白むかもしれない。しかし、この状況が、作品に現代性と、皮肉をまじえた（さめた、ということだろうか）カタルシスをもたらす役目をも負わされていることも認めないわけにはいかない。心をゆるした友人との共同作業で、思っただけの金額を、整然とした頭脳操作で捻出するという行為は、現代的なおとぎ話と考えることもできるのだから。すべてが世間の常識の埒外にあるという設定が、読者の快楽を増すのは、いうまでもない。

すこし大げさな言葉を羅列してしまったけれど、この作品がもっとも読者をとらえる理由のひとつは、やはり、この作者特有の抒情性、まったく予期しない方角から攻めてきて、あっと思ったときには、完全にこちらをとりこにしてしまっている、新しい質の抒情性だろう。たとえば、雪の描写がある。

「雪が降るのではない。雪片に満たされた宇宙を、ぼくを乗せたこの世界の方が上へ上へと昇っているのだ。静かに、滑らかに、着実に、世界は上昇を続けていた。ぼくはその世界の真中に置かれた岩に坐っていた。岩が昇り、海の全部が、厖大な量の水のすべてが、波一つ立てずに昇り、それを見るぼくが昇っている。雪はその限りない上昇の指標でしかなかった」

こんな文章が、雪について、かつて書かれたことがあるだろうか。日本でも、おそらくは世界のどの言葉でも。それでいて、私たちの多くが経験したことのある、あの呼吸を拒否したくなるような、雪片にとじこめられた、果てしない瞬間の重なりのような時空での、気象現象とヒトのひそやかな結びつきを、あますところなく伝えている。ここで読者を感動させるのは、修辞、あるいは表現の入れ換えによる新しさではなくて、思考の奥行き、あるいはシンタックスそのものに手を加えることによって、ヒトは地球の一点に、古色蒼然とした思考の修辞で縛りつけられているのではないことを証明し、そうすることによって、かぎりない安堵感を読者にもたらすような種類の新しさなのである。このような文章は、新しい自由、新しい救済の可能性をさえ示唆するかにみえる。

話が飛躍するようだけれど、数年前、ガリレオ・ガリレイの文体についてイタリアの若い研究者が書いた論文をよんで、つよい感銘をうけたことがある。十六世紀の画期的な天文学者として知られているガリレオの文体が、簡潔直截で、彼以前のイタリア語の修辞に富んだ長々しい文体から一歩踏み出したものであり、それが彼の革命的な論旨を表現するにはもっとも適したものであったと、例をひいて述べられてあった。

また、これは日本のある若いダンテ研究者が、「神曲」のなかの（これまで彼岸的とだけ信じられてきた）光の扱いについての論文のなかで、詩聖といわれるダンテが、光学的な見地からいっても精密な論旨を展開していることを証明して、日本とイタリアの学界が彼の研究の独創性を認め、賞讃した。

文学と科学が、まったく別々のものとして考えられるようになったのは、そう遠いことではない（事実、ガリレオにも、「神曲」についての、今日なら文学者しか書かないだろうような、専門的な論文がある)。それなのに、私たちの多くは、この二つの分野を、まったく相容れない言語世界に属するもののように教えられてきた。著名な数学者とか物理学者というような人たちも(もしかしたら、とくに日本に多いのかもしれないけれど)、文章を書くと、たちまち道学者めいたりして、内容、文体ともに、まるでアインシュタイン以前のような古めかしさを感じさせることが多い。

そんな中で、池澤夏樹の作品の世界は、なんといえばよいのだろうか、この分断された世界の傷口を閉じ、地球と、地球に棲むものたちへの想いをあたため、究極の和解の可能性を暗示するかのようである。こういうのが、あたらしい言語ではないか、といった感動まで運んできてくれる。文化というものが、根源的に、モノとモノ、モノとヒトとの結びつきについて語るべきものであるのなら、池澤の文学は、つねにその方向にむかって歩いていく。

数年来、外国語や外国の文学にかまけていて、日本の現代作家の作品を読む機会がきわめてすくなかった。それが、私自身の怠惰に由来することはもちろん認めるが、近年、この国で書かれる小説というものにあきたりない気持がそうさせたこともあった。いまさら、皮相的なプロットのもつれや、さもなくば、読者から読むことの快楽を奪い、自己の不毛な探求を一方的に、傲岸に押しつけようとするだけの作品を読んだところで、どうなるというのか。世界には、もっとさしせまった（文学をもふくめた）問題が山積しているはずだ。そんなとき、イタリアの作家アントニオ・タブッキの作品『インド夜想曲』を媒体として、池澤夏樹の書くものを知り、たちまち、そのとりこになった。はじめそれは、評論やエッセイのかたちで、私の世界に浸透しはじめ、つづいてそれらが、彼の一連の小説作品に私をさそいこんだ。エッセイに接しているときは、これが彼にとって最高の表現手段だと思い、小説を読むと、やはりこれがなければ、彼の世界は完結しないのだろうと納得する。

いま、私は現代の日本がこのように明晰で心優しい作家をもっていることを、ほこらしく思う。

（中公文庫）

# 世界をよこにつなげる思想

この夏、一九六〇年から七一年まで私がミラノで深くかかわっていたコルシア・デイ・セルヴィ書店の、創立当時の精神というのか、思想の系譜をしらべる必要があって、家の本棚をさがしたら、ヴェイユの著作と評伝などをふくむざっと二十五冊ほどの本が、エマニュエル・ムニエやシャルル・ペギーの著作と隣りあってならんでいて、その数の意外な多さに驚いた。フランス語の原書も、イタリア語のものも、まじっていて、その中の何冊かは、死んだ夫の蔵書だったから、かならずしも私が読んだとはかぎらないのだけれど、それにしても、二ダースを超すヴェイユの、あるいはヴェイユについての本と、おなじ屋根の下で暮らしていたとは、思いがけなかった。ペギーやムニエへの傾倒度にくらべて、ヴェイユとは、もっとあっさりしたつきあいかたをしたように、じぶんでは思っていたからである。

ヴェイユという人について、はじめて聞いたのはいつのころだったのだろうか。戦後まもなく、受洗に反対する両親とすったもんだの挙句にカトリックになって、しかも、あっという間に、じぶんの信仰を戦時のフランスの抵抗運動と結びつける方向に私はのめりこんだ。ヨーロッパの知識人の多くが抵抗運動に深くかかわっていたことは、戦後いちはやく日本にも伝わってきたが、そのなかでカトリックの人たちがどんな位置をしめていたのかについての情報は、ほとんど手に入らなかったし、たまに手に入れることができても、こちらの知識不足もあって、内容がはっきり摑めなかった。慶應で中世哲学を教えていられた松本正夫先生のお宅で、何人かの先輩があつまって、読書会のようなものが開かれていたところへ、ぶらさがるようなかたちで顔を出していたけれど、哲学の素養もない私などは、まさに、目が見えないでゾウを撫でている思いだった。

あっさりとしたつきあいとはいっても、ヴェイユは、五〇年代の初頭に大学院で勉強していた私たち何人かの女子学生の仲間にとって、エディット・シュタインとならんで、灯台のような存在だった。シュタインは、ドイツ生まれのユダヤ人で、フッサールの弟子として研究生活をつづけたのち、カルメル会の修道女になったが、一九四二年の夏、アウシュヴィッツで惨殺された人である。女性であること、知識人であること、しかも、信仰の問題に深くかかわり、結婚よりも自立をえらんだことが、世間しらずでむこうみずな私たちにとっては、きらきらと輝く生き方に見えた。(戦時中の体験で、こりごりのはずの)工場で働くということまで、やや真剣に考えて話しあったりした。

「ユダヤ人が教会のそとにあるかぎり、じぶんはキリスト教徒にはならない」という、ヴェイユの信条に、息もできないほど感動していた時代があった。たぶん、それは、大学院を中退して、二年のフランス留学をおえたあと、いよいよひとりで模索しながらの生活をはじめたころのような気がする。宮沢賢治の「世界が幸福にならない限り、自分ひとりの幸福はありえない」という言葉に、私はヴェイユを勝手に重ねあわせ、それを彼女のやさしさ、と解釈したのだったが、いま彼女の著作の文脈に照らして考えてみると、それは厳しい論理と深淵な知識のうえに立った力づよい選択だったにちがいない。シュタインにせよ、ヴェイユにせよ、高度の教養を、まるでふだん着のように身につけていた人たちを、私はまったく抒情的に解釈して、勉強のほうは怠けていた。

一九七二年に出版された筑摩叢書の、リースというイギリス人の書いた『シモーヌ・ヴェーユ　ある肖像の素描』（山崎庸一郎訳、筑摩書房）は、刊行年からみて、私が夫の死後イタリアから帰って、もういちど生活の方向をたてなおそうとしていた時代に読んだらしい。ポスト・イットなどという、糊のついた便利なしおりがまだ市販されていなくて、じぶんで細く切った白い紙に、要点やら感想を書きいれたのが、降伏の旗のようにあちこちにはさんである。「多くのものが教会のそとにあります。わたしが愛していて棄てたくないと考えている多くのもの、また神の愛する多くのものがそのそとにあります。神が愛するのでなければ、それらのものは存在しないはずだからです。最近の二十の世紀をのぞいて、過去の巨大な拡がりをなす、すべての世紀、有色人種の住むすべての国々、白人の国々におけるすべての世俗的な生活、その国々の歴史のなかで、マニ教やアルビジョワ派のように異端として非難されるすべての伝統、ルネサンスから出て、あまりにもしばしば堕落しているとしても、全然無価値とは言いがたいすべてのもの、そういうものが教会のそとにあります」

『神をまちのぞむ』からのこの引用は、このしるしをつけた二十年まえから今日に到るまで、そしておそらくは私の生のつづくかぎり、ずっと私のなかで、ヴェイユに大きく呼応するはずの部分である。教会の中か、そとか、というような性急な選択をすることはない、いまの私にはそんなふうに思える。それを決めるのは、おそらくは、私ではないはずだとさえ思える。

家の本棚にならんだヴェイユの著作のなかには、一九五一年刊のイタリア語訳の『重力と恩寵』もあった。コムニタ出版社発行となっている。これは「善い資本主義」をとなえたアドリアーノ・オリヴェッティが（タイプライターのオリヴェッティ社の出資で）主宰していた出版社で、ミラノで私がかかわっていたコルシア・デイ・セルヴィ書店の小さな出版部門を、ボランティアのようにして受けもっていたデジデリオ・ガッティの本職は、コムニタ出版社の編集者だったから、私はおもわず、ほうっというような、なつかしさに顔がほてる思いだった。もしかしたら、ガッティがこの本の編集にあたったかもしれない。つぎに、翻訳者の名をみて二度びっくりした。フランコ・フォルティーニ。著名な詩人で、作家のエリオ・ヴィットリーニらと、戦後イタリアのあたらしい文学の担い手だった文藝誌、『ポリテクニコ』や『ラジョナメンティ』の編集にたずさわった人である。コルシア・デイ・セルヴィ書店とも、親しい間柄だった。そして、やはりヨーロッパ文学を、とくに現代の作品を読むとき、作者の政治的、思想的背景をないがしろにすることの危険を、あらためて理解した。文学者としてだけの面から、すっかり「完成した」人物として、フォルティーニをながめていた私は、彼にも真摯にヴェイユの足跡を辿る若い日々があったことを知って、たちまち、彼が、遠いころ、いっしょに語りあった友人だったような気がした。世界はいつも、じぶんの知らないところでつながっているようだ。

フランスやイタリアには、青春の日々に、ヴェイユやムニエやペギー、そしてサン＝テグジュペリを読んでそだった世代というものがあるように思う。たまに、そういう人たちに出会うと、はじめて会った人でも、たちまち「つながって」、時間のたつのをわすれて話しこんでしまう。中世までは、教会のラテン語をなかだちにして、ヨーロッパ世界はよこにつながっていた。戦後すぐの時代に芽ぶいたのは、中世思想の排他性をのりこえて、もっと大きな世界をよこにつなげるための思想だったのではないか。

## 「小説的」な選択での語り
### アルベルト・モラヴィア／アラン・エルカン『モラヴィア自伝』

「文学はもはや文化に関わるものではなくて、産業的生産物のひとつになってしまっている」。一九〇七年生まれのアルベルト・モラヴィアは、今日の文学的状況を、自分が若かったころのそれに比べてこう嘆いている。しかし、『モラヴィア自伝』と題されたこの本は、インターヴューによる伝記という、「産業的」ともいえる手段を用いながら、見事に「文化」にかかわる内容を伝えることに成功していて、近年、出色の充実した読物となっている。イタリア本国でも高い評価をうけたと聞く。

いうまでもなく、モラヴィアは今世紀のイタリア／ヨーロッパを代表する作家のひとり。彼の処女作『無関心な人びと』のあたらしい翻訳が、最近、日本でも上梓された。対話による伝記という、一見ラディカルな方法がこのように成功した理由は、いくつか考えられるけれど、まず、作家としての強烈な個性よりは明敏なジャーナリストの資質をそなえた、アラン・エルカンが聞き手であること、そして、そのエルカンがモラヴィアと個人的にも親しく、モラヴィアが育ったローマのブルジョワ社会を熟知する人物であることに、負うところが大きい。それにしても、成功の真の秘訣は、この本の作成に、人間的な仕事をするためにはたぶん必要な、二年余という時間をかけたことにあるだろう。

年代順に三部にわけられた本文では、人間モラヴィアの生涯と文学的自叙伝が並行して語られる。対話体が読書を楽にしているのは確かであるが、四百ページ余という大冊が、ときに不手際の目立つ訳にもかかわらず、これほどすらすら読める本は多くないはずである。これは、非凡な小説家、評論家でもあるモラヴィアが、その資質・芸を縦横に駆使し、それをまるで「書く」ように話しているためだ。そのために、対話はしばしば思いがけない広がりをもち、それでいて内容の濃さを失うことがないから、読者は数冊分の愉しみを味わうことができる。

最初に、物語としてのモラヴィアの生涯がある。幼年時代、そして骨髄カリエスを病んでサナトリウムですごした少年時代から、作家としての青年、壮年期を経て、最晩年にいたるまでの伝記が、友人のうわさ話や、自他の作品論、文学論に混じって語られる。伝記としてのこの本の最大の魅力は、ときには読者がどきりとさせられるほど不躾なエルカンの質問に対して、モラヴィアが生涯のいろいろなエピソードを、たえず「小説的」な選択をおこないながら語っている点だろう。小説家が自己を語るのであるから、信憑性については疑問がのこるかもしれないが、それだけに、けっして読者をそらさない芸が、彼の語りをつらぬいている。とくに、彼の女性遍歴、なかでも、最初の妻であり、性格的にはまったく合うところのないままに、二十年余の結婚生活をともにした作家エルサ・モランテとの交流をつたえる部分は、圧巻といえるだろう。モランテを知るうえでも、貴重だろう。彼女はモラヴィアとならんで今世紀イタリアの屈指の作家だったが、モラヴィアがこの女性を見る目の鋭さには、目をみはるものがある。毎日、夕方になると彼女を家に迎えにいって、食事をともにしたロマンチックな恋人時代、結婚後はたがいに愛しながら、行き違いの連続だったふたりの生活。あくまでも知性的なモラヴィアと、夢想家で激情に走るモランテ。とくに第二次大戦の末期、ローマを占領したナチスの軍隊を逃れて、文字どおり着のみ着のままで、ローマ南部のチョチャリアの山中にふたりで隠れ住んだ挿話は、そのまま小説であり、深い感動をよぶ。ほぼ二十年におよぶ共同生活ののち、モランテが彼のもとを去ると、モラヴィアは、ほとんど未知の作家だった三十歳ちかく年下のダーチャ・マライーニと結ばれる。その結婚を機に若いダーチャは名声を獲得していくのだが、彼女の作品にたいする批評家モラヴィアの目は、冷徹そのものだ。ダーチャが去って、モラヴィアはもう一度、結婚するが、彼が生涯、深い愛情をささげたのはモランテであったことが、訳者もあとがきでふれている彼女の葬儀のときの美しくて感動的な挿話からも読みとることができる。

おなじ「伝記」部分では、彼と交流のあった内外の作家や詩人たちについての思い出が光っている。たとえば、詩人で晩年は映画監督としても名を馳せ、一九七五年に惨死した鬼才ピエル・パオロ・パゾリーニとの交友録。フェミニストのダーチャ・マライーニを愛したように、モラヴィアは、急進的左翼に走るパゾリーニを、自分の政治的選択に同一化することなく、心からいつくしんだ。イタリア文学の枠を超えて世界的な名声を博した一方、生涯、真摯な政治参加を表明しつづけたこの年下の作家に、モラヴィアが寄せた大きな期待は、そのまま、六〇年代後半からの彼の積極的な政治参加にあらわれている。

この本をよむもののもうひとつの大きな愉しみは、モラヴィア自身があちこちで披露する、自分をもふくめた闊達な作品論である。自作については『無関心な人びと』をはじめ、『ローマの女』、『イル・コンフォルミスタ』（孤独な青年）など、それらが書かれた背景についての叙述は、モラヴィア研究者にとっては、貴重な資料だろう。しかし、もっと重要なのは、モラヴィアの作品分析がつねに欧米諸国の文化的状況との関連においてなされていることで、そのことがこの本を、イタリアの著作に多い地方性の狭さから救っている（島国根性は、地理的なものだけではない）。

（大久保昭男訳、河出書房新社）

# 虚構と現実を往来する闘病記がしのばす存在論

## 日野啓三『断崖の年』

『断崖の年』は、大患を克服した作者の回想録とだけ言ってしまうことのできない、魅力的な示唆にみちた作品集である。もとはといえば文芸評論から小説への移行を果たし、さらに、身辺を素材に用いた作品群からメタフィジカルな物語の構成への移行という二重の転機を経ている作者が、こんどは病気という、不意に彼の心身を襲った異変を媒体として、小説と記録、虚構と現実の間隙を縫って書いたこの短篇集を、新しいテーマと、新しい方法による、再度の移行への端緒かもしれないと思いながら読んだ。

思いがけない病気をめぐる五つの作品のうち、まず、冒頭の「東京タワーが救いだった」では、悪性腫瘍の発見、手術まで、手術、術後と、それぞれの時点における体験が、順を踏んだ報告に近いかたちで語られる。五篇のうちでは、もっとも非小説的な作品といえるが、それだけに、作者の創作の秘密というようなものが、垣間みえていたりする。たとえば、痛みどめの薬が独特な意識体験を誘発したことについて語りながら、作者はほとんどさりげなく「存在論的な意識体験」という、哲学的な表現を用いている。読みすごしてしまえばそれまでなのだろうが、この表現をこの短篇集を底辺でまとめている（そして、作者が数年来、その方向にむかって歩いてきた）哲学的な主題として捉えるとき、作品群の一貫性がたちまち顕在化するという仕掛けだ。

そして、手術をまえにして訪れる、緑につつまれた渓流のほとりの夕暮の風景に、意識のつめたい流れが重ねられて物語が進行する「牧師館」。この作品から、最後の、回復への確信、すなわち帰途の切符を手にしたうえでの総括ともいえる「雲海の裂け目」にむけて、小説度は濃さを増しつづけ、本を閉じた時点で、読者は、無惨な素材にもかかわらず、いや、無惨であるだけ、これほどまで精緻な虚構と現実の綾にもてなされ、愉しませてもらったことを、ありがたく思うのである。

「牧師館」にはこんな一節がある。病院から一夜だけ解放された、手術前の主人公が、河原に立っている。

「谷底はいま金色に染まっている。長く暑かった一日の終りのけだるく豪奢な気分。濃い憂愁の思い。遠い遠い子供の日に、こんな夕暮の中に立ちつくして自分はいったいどこから来たのだろう、と思ったことがあった気がしたが、それが正確にいつどこでのことだったかは思い出せない。

思いきって来てよかった、と男は呟いた。それからまた目を閉じた。心の中まで一杯に夕日が射しこんでくるような気分だった。そのまましばらく目を閉じたまま、男は水際の岩に坐りこんでいた。渓流の音が同じリズムのまま、遠ざかったり近づいたりした。それが自分の血管を流れる血の音にも、ふと聞こえたりした」

このような文章から、読者はもしかしたら「男」が、自然とのまじわりによって、なんらかの救いに到るのではないかと、淡い期待をいだかされるかもしれない。しかし、作者はそんな期待をうち砕いて、夕闇がもたらした心の闇について語る。ぼんやりと暗闇に浮いているような牧師館も、一縷の希望をいだいて訪れる「男」に、自然への後退がもはや不可能であることの確認をもたらすだけなのだ、と。しかも、そのことが、重大な病気に冒された「男」にとってだけでなく、すべての人類につきつけられた、世界全体の運命であるようにさえ見えるので、読者を被い包む寂寥も、思いのほか深い。意識の深奥で、まるで血管の束を分けまさぐるようにして語りすすめられる叙述の緻密さが、読者をその内部にとじこめて、はなさない。

さて、三番目の小篇「屋上の影たち」だが、この者たちの正体というのか、彼らの出没については、すでに報告書形式の「東京タワーが救いだった」で触れられている。どこかチャップリンの映画を彷彿させる、幻覚の内部に跳梁するユーモラスなサラリーマンたち。夜毎に屋上に現れては、なにか愉快そうに談笑していくこの不可解な人物たちについては、こんな文章がある。

「そして彼は気付いたのだった――屋上に現れたあの人たちは、この都市の見知らぬ仲間たちだったにちがいない。誰と特定できなくても感じたあの親しさと懐しさは、同じ電車の車輛に乗り合わせ、ここターミナルの通路でいつもすれ違っていた人たちではあるまいか。形もない幻覚荒れ狂う錯乱のあと、まず最初に現れたのが、未知の親しい人たちだったことに、彼は深く打たれた。彼らは迎えに来てくれたのだろう。おまえの世界つまり孤独であることが親しさを成り立たせているこの都市の世界が待っている、と」

日野啓三のこれまでの作品、とくにシュールレアリスムの手法といわれる一連の（私にとっては、デ・キリコの絵画について用いられる意味でのメタフィジックという語のほうがしっくりするが）作品で、作者は主人公を都会の盲点のような場所に置くことによって、ややあからさまな虚構への入口をしつらえてみせた。『抱擁』では、都心の高級住宅街に置き忘れられたような古風な西洋館がそれであり、『夢の島』では、埋立地とその周辺が選ばれた。こんなところに、こんなものが。そういった驚きが、物語を触発し、進展させる仕組みになっているのだけれど、その驚きに到達する過程には、「孤独であること」という入場券が必要であり、孤独の切符を手に入れたものだけが、都市の愉しみを共有することができる。同じ電車に乗り合った人たちを、これはどういうことかと、いつも眺めていた読者は、意識のいずれかの層で、自分も彼らに繋がっていたことを知って、なにかほっとするのだ。

こんなに絶望と隣りあわせな文章が、どうしてこれほどのなぐさめをもたらすのだろうか。「断崖の白い掌の群」は、表題に用いられたテレビのルポルタージュ作品を通して、手術後の極端に敏感な意識体験が、かなり専門的な東西の哲学用語を駆使して述べられるのだけれど、叙述のすべてに「深層意識のドラマ」としての、ニューギニアの洞窟の壁に古代人が残した、不可思議な白い掌の映像がしみついている。この短篇によって、これまでの物語がぐっと締めつけられたように感じさせたところで、最終篇「雲海の裂け目」に導かれる。

昨年の夏、日野啓三のこの作品を単独で読んだとき、自分の深いところで呼応しあうようなものを覚えて、一瞬、とまどった。どうして自分がそれほど強烈な感動をおぼえたのか、理由はよくわからなかったが、こんな文章がこの国で書かれるようになった、という最初の漠然とした感想は、私の内部で長く尾をひいた。他国の文学でこれに似たものを読んだわけではないし、現在の日本の作品のすべてに目を通しているわけでもない。自分の研究分野はともかく、いや、もしかするとその中でも、私の読書は偏っていて、ときには行きあたりばったりでさえある。それでも、「雲海の裂け目」は、こびりついたように私の印象に残っていて、そのことが自分にとって不思議だった。秋から冬にかけてのとりわけ多忙に明け暮れた日々にも、その疑問は、くりかえしくりかえし、心に戻った。ふつう、闘病記といった種類の読書を好まない自分が、どうしてこの文章に惹かれたのだったか。

そんな中から、ひとつの言葉が気泡のようにゆらゆらと意識にのぼってきた。存在論。

そうだ、この作品を日本の伝統的な文学風土のなかで特異にみせるのは、作者が作品の背後にしのばせた形而上的な存在論ではないか、と。

「この世のものならぬ色。そう、生命同士の狎れ合いの湿度を全く含まない色。それなのに、これまで見た明らかな経験のないはずの色と光が、なぜこれほど意識に迫るのだろうか。夢の中でさえこの質の色は見たことはない。（……）

窓から外を眺め渡しているつもりが、次第に自分の意識の奥を覗きこんでいる気分になる。雲間から輝き出る光は、いまや朱色より強烈なオレンジ色に近い。赤や朱色よりエネルギーの高い色だ。私の意識の雲海の奥には、これほどのエネルギーが秘められているのだ、とほとんど信じかける。（……）

荒涼と豪奢で、神秘的で自然で、生き生きと寂寞で、畏怖と恍惚の思いを区別できない」

ここに描かれた、作者が病後はじめての旅行の帰り道、沖縄から東京へ向かう機上から見たという、この世のものならぬ光と色は、私にとっても、未知のものではない。シベリアの空をヨーロッパに向かって飛びながら、何時間もこの種の光、色とつきあった覚えがある。しかし、引用の箇所を読んだとき、私のあたまにひらめいたのは、ダンテの「神曲」のいくつかの部分、孤独な旅人ダンテが死後の世界で目にする、光と色の描写であった。「神曲」の、光が不在の状態にある地獄はさておき、煉獄篇では世界創造のはじめにこの世をつつんでいた光、すなわち人間が原罪を犯す以前に見たであろう光が描かれ、天上篇では人類がかつて見たことのない、完璧な光の世界が描かれる。旅人とダンテは、地獄の汚濁から浄罪界から出て、初めて星のきらめく明け方の空を仰ぐ。

東国のサファイアの得もいわれぬ色が
見渡すかぎりに澄みきった、
静謐な空気をいろどっていた。
それが、わが目と心を悲しませたあの
死せる空気から出てきたばかりの
わたしの目にはなつかしかった。

愛をつかさどる美しいあの星に
東の空はほほえみ、それにかしずく
魚座は、光をうしなってみえた。

詩人たちは、それぞれの時代、それぞれの文化にふさわしい言語で、自分と、これをとりまく世界を表現しようとしてきた。ここでは、ダンテは彼の置かれていた、ヨーロッパ中世世界の言語だったキリスト教の知識を、ギリシアの思想に照合しながら、はりつめた言語を組みあわせて、彼にもまたすべてが摑めない、あたらしい世界の解明をこころみている。人知の限界すれすれの空間で体験される、物理的現象としての光は、早朝の空の隠喩に託して表現されて、人間の匂いを与えられている。

「雲海の裂け目」が私に「神曲」を想起させたのは、機上から望見された「この世ならぬ」色彩が、人間である作者の存在そのものの、あるいはそれについての意識に繫げられているからであり、そのことによって、根源的な意味をもたされているのと同時に、ダンテの詩篇がやはりそうであったように、自分の生きている時代の、もっとも先端的な（日野の場合、それは哲学であり、深層心理学なのだが）科学的思考によって、しっかりと裏付けされているからだ。

究極的には、いろいろな意味でかけ離れた、この二つの作品について想うとき、人類は遠くまで来た、という感慨もあったことは否定できない。世界の輪郭がさだかだった中世は遠く、遠いがゆえの抑えがたい懐かしさはあるが、「雲海の裂け目」が背負っている同時代性の居心地よさは、格別でもあるのだ。

日野啓三は、これからどんな道を歩くのだろう。たのしみである。

（中公文庫）

# ことばの錬金術師

## 『クワジーモド詩集』

「淡くゆらめく炎に／透きとおる手を求めると、／お前の手は　樫の木の匂いを　そして薔薇の匂いを、／死を匂わせていた。古代の冬。」（古代の冬）

サルヴァトーレ・クワジーモドの詩集『水と土』のこんな詩行に出会うと、これを読んで心打たれ、茫然とした彼の詩の世界に惹かれた遠い時間を思い出す。クワジーモドの詩は人々が「誇らしい詩」と感じる言葉／レベルで表現されているので、つねに若い読者を魅惑する。はじめて彼の詩を読んだときの、そぞろな幸福感といいたいものにやんわりと包まれたのをはっきりとおぼえている。素手で読むことのできる詩とでもいえばよいのか。感性にうったえるところの多いのも、彼の詩が若者たちに支持されつづける秘密でもあるのだろう。

イタリアにおけるクワジーモドについての評価は、しかし、彼がまだ詩人として第一線で活躍していたころも、そして没後四半世紀たったいまも、大きく揺れつづけている。たしかに彼はエルメティスモ（ヘルメスを語源とする）の華やかな旗手のひとりとして、三〇年代のイタリア詩に影響をあたえたし、戦後はシチリアとギリシア古典をむすぶ幻想的な詩の世界を通して甘い夢を読者に供給したことも確かだ。しかし、彼の言葉のすべりの良さがそれだけに終わってしまうことへの危惧の声も執拗に聞こえつづける。

クワジーモドがイタリア詩に残した最大の足跡は、「ことばの錬金術師」としてのメリットである。二十世紀のイタリア詩の主潮とされるエルメティスモは、ふつう日本で「錬金術派」と訳されるが、巧妙な言葉の組みあわせの達人という意味でなら、彼こそはまさにこの訳語にぴったりの詩人だ。巧みに練りあわされた言葉を、マニエリスティックに運んでいく彼の詩行はあくまでも軽く華やかだ。人工美が、クワジーモドの詩の極点だという見解は、これまでにも詩人モンターレをはじめ多くの評論家の一致するところだ。

言葉の扱いの巧みさ、器用さという点では、ほとんど最上のコピーを彷彿させるのがクワジーモドの詩である。たとえば、このアンソロジーの冒頭を飾る、そしてこの詩人の名を聞けばだれもが思い出す「そして　まもなく夕暮が」という詩行。訳者の井手氏は穏やかに「まもなく」と訳されているが、原語ではスゥビト（subito）で、たちまち、といった、より性急な感触のある語である。それと、通常おだやかさ、しずかさを想起させるセェラ（sera）との組みあわせが衝撃的である。さらにこの詩行の導入部は接続詞、しかも母音ではじまるために、軽くて当たりが絶妙だ。ところが、それに続くスゥビト（シチリア人のクワジーモドの頭の中では、ほとんどスゥッピトと跳ねて発音されたはずである）という重い母・子音で驚きと緊張をまねき、さらにセェラという平坦な音でしめくくられる。また、イタリア詩では偶数行に比べてより変化に富むとされる七音節行であることでも、快い音感が確保されている。当然のことながら、このような技巧のひとつひとつを詩人が考えながら作詩したのではないかもしれないが、とにかく狙った効果は逃さないこの器用さがクワジーモドの詩の最大の特色といってよいだろう。

井手氏のあとがきにもあるように、訳者は詩、とくに現代詩の訳がほとんど不可能に近いのを知りながら、どうにかして外国詩を自分の国のことばにたぐりよせたいという誘惑に克てない。どうしても埋められないふたつの国の言葉の落差につらい思いをすることは、百も承知なのに。しかし、読者の側からいうと、訳詩は自分では到達できない外国詩の世界をあたらしく開いてくれる貴重なよすがである。またひとつ、イタリアの現代詩人の作品集がこの国で編まれたことをよろこびたい。

（井手正隆訳、思潮社）

# 帰ってきた男

池澤夏樹が散文作家として世に出る以前に、まず詩人として出発したことを知ってはいたし、彼の散文作品にはいつも深いところで共鳴していた。にもかかわらず、私が彼の詩を読んだことがなかったのは、機会にめぐまれなかったこともあるが、私自身がそれに直面するのを避けていたふしもある。ながいこと、この国の現代詩の可能性について確信がもてなくて、こんな考えに捉われていた。いっそのこと、過去の詩人が遠い国のことばで紡ぎあげた詩に関わっていれば、なまの痛みに身を抉られることなく、詩に浸る愉しみだけを手に入れることができるのではないか、と。そのため、私は、せめて数十年、あるいは何百年もさかのぼった時代の、外国語、とくにイタリア語の詩だけとつきあって、極力、同時代の日本語の詩に手を触れないよう気をつけていた。そんなときに詩集『塩の道』を読んで、自分がとうに失くしたと信じていた愉しみが、もういちど手中に戻って来たという、はっきりとした感触があった。硬質で明晰なことばの世界が、過去の伝統を大切にしながらも、それを律儀に清算して、あたらしい出発をたくらんでいる。その出発点に、禍々しい軍港での争いがある。

＊

船よ船よ　今生の頼み
おれを連れ出してくれないか
四つ目の巨人の投げる石のとどかぬ所へ
若い奴隷を一人運んではくれないか
そして——

明日は船が来る日
いや　明日は船が来ない日

〈軍港〉

時代はずっと遡るが、施政者たちのせいで、そしてもちろん自分自身のせいで、私自身の世代が若い奴隷の生き方を強いられていた「あのころ」、待つ、といういまこの詩集を特徴づけていることばが、どれだけ切実なひびきをもっていたことか。待たなければならない。街角で私たちはそう諭されて裏山に登り、花崗岩の山腹に腰をおろして、家からだまって持ち出してきた双眼鏡を目にあて、一隻一隻、その日港に入る船をたしかめあう日々があった。戦争が終わると、おとなたちに破壊された赤錆に蝕まれた突堤に、フランス語の名がついた白とシルヴァー・グレイの船体が横たわり、それを、天に飛びたっていく魂を讃歌で送った煉獄の影たちのように、若者は羨望と願いをこめて眺めた。いつかこの国を離れることができますように。戦争前であろうと、戦後だろうと、比喩においてだろうと、現実においてだろうと、なにも待たなかった者と待ちわびた者のあいだには、埋めることのできない距離が生まれた。待った者たちには、遅かれ早かれ、「別の神々の国」をさして「屈辱の岸壁」を離れる日が到来し、「白く泡立つ道／塩の道」をさして船は錨を上げることになる。

池澤夏樹はその出発を「祝福」と名づけ、アレクサンドランふうの五行からなるほとんど完璧な定型詩にまとめている。歴史の中で魂が渇きもとめる行動の軌跡をたえず中心に据えながら、詩人は、感傷や感慨とは異なった次元で思考を表現するのだが、このことに並行して、形式が厳しく追求され、それがリズムをはぐくんで、ひとつのかがやかしい世界を現存させる。

光あれ
魚のうろこは予言を包み
潮はあふれる　魂の壺に

帆に描かれたしるしの外に
明日をひろげる神々の網

塩の道をたどって行けば、そのさきに呼吸を不可能にする暴風雨からの解放があることは間違いない。

*

作者がギリシアへの長い旅に出る以前の作品の集大成である第一詩集『塩の道』が、彼が帰国した年に（まるで単純過去のまえに終わってしまった時間を示す大過去みたいに「遅れて」）上梓されたのは、これらが遠い国で準備されたということなのだろうか。さらに、第二詩集『最も長い河に関する省察』が帰国後さらに四年を経てまとめられた事実が私の想像を刺激する。ギリシアの山野を、王女と柱頭行者が待っているリムニをさして自転車で駆けぬけ、わけのわからないナイルをどこまでも遡行し、「たとえば砂漠は匂わない」のを発見し、「不思議なスイス人」シェイク・アブラヒムの最後の声に耳をかたむける至福の時間を詩集に熟成させるあいだ、詩人は、仕事場の床にあぐらをかいて終日木をけずりつづける木工職人のように、どこかに座りこんで黙々とことばを磨いていたのだろうか。

この詩集は透明に熟し、それ自体の完成を内に秘めた果実で、第一詩集からの離陸のあとさえ見えないほどだ。待つ期間が終わったのはたしかなのだが、ナイルやギリシアは、たとえば彼にどんな変化をもたらしたか。

日々の決算は就寝と共に済み
翌日は新しい荷だけを載せて
彩雲の中に帆を張って現れる
聖なる驢馬がその到来を告げ
冷たい磁器の薄明がひろがる

〈輪行記〉

五行のすべてがきっちりと能動態の動詞で終わるこの感嘆すべき一節はたぶん、日没が一日の終わりであり、翌日の計画は聖なる驢馬が運んで来る「冷たい磁器」の環境の中ではじめて成就され得たのだろう。だからこの満足にあたいする環境は、いずれは帰国のため辞さなければならないカリュプソーの館であり、私たちのオデュッセウスもそのことは知っていた。彼は「最も長い河」沿いの道をたどって帰路につく。道々、河自体について、水について、また、その周辺に生をいとなみ、あるいは生を終えた人たちについてのさまざまな情報が物語られる。

世界は何からなるか——

塩水に浸されたもの
砂塵と風神が加工したもの
岩を刻んだもの
織られたもの
なめされつつあるもの
染めあげられたもの
紐でうまくゆわえられたもの

うずら色の雲の裏側で
おびえている太陽
十週間中天に懸って
湿度しか分泌しなかった太陽
とがった石を投げつけよう

〈最も長い河に関する省察〉

〈我等が不満の国〉

＊

詩は、池澤夏樹の作品の根もとに埋まっていて、この樹木が生きる理由でもあり、きっかけにもなっている。これまで私がこれらの詩の実体に触れないで彼の作品を云々していたのはたしかに迂闊だったが、作品から詩に到達したのもわるくないかもしれない。彼の場合、他の作品で短所とか瑕と思えるかもしれないいくつかの様相が、詩のなかでは、きびしくチェックされ、納得のいく形で表現されていて、そのことは彼にとっても、読者にとっても重要なはずだ。

（共に書肆山田）

# 小説のはじまるところ
## 川端康成『山の音』

あれは正確にいってなんという場所だったのか。一九六八年の冬の日に、私たちはローマ郊外の森にかこまれたレストランで、ノーベル賞の受賞式をおえてイタリアに寄られた川端夫妻と夕食のテーブルをかこんでいた。当時、私の住んでいたミラノの出版社から依頼されて『山の音』をイタリア語に翻訳させていただけないかとお願いに行ったのを、大使館の方が夕食にさそってくださったのだった。十二月だったと記憶しているのに、あたりいちめんが深い緑におおわれていたような気がするのはどういうことなのか。

食事がすんでも、まわりの自然がうつくしくてすぐに立つ気もせず、スウェーデンの気候のこと、あるいはイタリアでどのように日本文学が読まれているかなど話しているうちに、話題が一年まえに死んだ私の夫のことにおよんだ。あまり急なことだったものですから、と私はいった。あのことも聞いておいてほしかった、このこともいっておきたかったと、そんなふうにばかりいまも思って。

すると川端さんは、あの大きな目で一瞬、私をにらむように見つめたかと思うと、ふいと視線をそらせ、まるで周囲の森にむかっていいきかせるように、こういわれた。それが小説なんだ。そこから小説がはじまるんです。

そのあとほぼ一年かけて『山の音』を翻訳するあいだも、数年後に帰国して、こんどは日本語への翻訳の仕事をするようになっても、私はあのときの川端さんの言葉が気になって、おりにふれて考えた。「そこから小説がはじまるんです」。なんていう小説の虫みたいなことをいう人だろう、こちらの気持も知らないで、とそのときはびっくりしたが、やがてすこしずつ自分でものを書くようになって、あの言葉のなかには川端文学の秘密が隠されていたことに気づいた。ふたつの世界をつなげる『雪国』のトンネルが、現実からの離反（あるいは「死」）の象徴であると同時に、小説の始まる時点であることに、あのとき、私は思い致らなかった。

この小さな本にあつめられた九篇の作品の読者は、そのひとつひとつを読むうちに、ちょうど初夏の垣根に淡い色の花を咲かせるテッセンが、いかにもやさしそうにみえながら、針金に似たつよい茎にしっかり支えられているように、どれもが予期しない強靱な詩学に支えられていることに気づいておどろくかもしれない。

『葬式の名人』（一九二三年）は、幼いときからつぎつぎと肉親に死に別れた作者の、自伝的なテーマをもとに書きおこされた作品だ。その点では、よりよく知られた『十六歳の日記』に似かよっているのだが、こちらは写実性のなかに、虚構への執心がよりなまなましくあらわれていて、そのことが作品の完成度とは別個に、文学的なおもしろさをつくっている。「生前私に縁遠い人の葬式であればあるだけ、私は自分の記憶と連れ立って墓場に行き、記憶に対《むか》って合掌しながら焼香するような気持になる」という主人公の述懐は、そのまま、虚構=死者の世界を、現実=生者の世界に先行させる川端詩学の出発点ということができる。

七篇の『掌《てのひら》の小説』は、四番目の『木の上』(一九六二年)をのぞいては、すべて一九二五年から三二年までに書かれた。写実と抒情性の交錯した『有難う』(一九二五年)と新感覚派的な傾向の濃い『夏の靴』(一九二六年)は、どちらも『伊豆の踊子』(一九二六年)と作品の世界を共有している。これら初期の作品にみられる写実の束縛は、やがて『雨傘』(一九三二年)、『化粧』(同)のような、写真や鏡を小道具とした、虚構の世界を優先した作品に移行する。また、このふたつの作品は、『雪国』(一九三五―四七年)への準備段階として読むこともできる。七篇のうち、『木の上』だけが戦後に書かれた作品で、生け垣をくぐらずには近寄ることができない「木の上」の隠れ家の物語。少年少女ふたりの魅せられた空間が、「そんなに高くはないのに、地上をまったく離れた世界」と形容されるとき、それは「国境のトンネル」が到達の条件である「雪国」の再現とも考えられ、かつて川端が描いた小説の世界の、作者自身による解釈と考えてもよい。

さて、いよいよ、『山の音』について。『雪国』、『千羽鶴』、『山の音』、そして晩年の『美しさと哀しみと』など、川端の長篇は、完成までに驚くほどながい時間を経過したものが多い。そのことから、そしてまた、書き出しと結末が論理的にはっきりつながらない場合があることから、読者は、川端の筆の進め方がまるで行きあたりばったりであるような印象を受けることがあるかもしれないし、西洋の小説作法に慣れた人の目には、川端の作品の構成が散漫にうつることもあるだろう。

だが、問題はこの本の読み方にあるので、川端の作品を十九世紀のヨーロッパに生まれた「小説」の作法にあてはめようとすることにこそ、無理があるのではないか。人生の浮沈を歴史的時間の枠にはめて語り、あるいは概念的な論理に沿いながら、これにドラマチックな盛りあがりをちりばめて物語を運ぼうとする西洋の小説作法は、川端の作品にはかならずしもあてはまらない。むしろ、連歌や俳諧にみられるような、日本古来の抒情詩をささえる「連想の詩法」に目を向けることで、かくれた部分が浮上するのではないか。

こういうふうにいってはどうだろうか。川端が長篇を仕上げるのにながい時間をかけたのは、論理的な構想に欠陥があるためではなくて、抒情の連想がじゅうぶんなふくらみをもつのに必要な、内的な時の流れを作者が必要としたからなのだ、と。まず最初に、ひとつの章が書かれ、そのあとは、つぎつぎと連想をバネにして書きつがれていく。そして、川端の作品に時として見られる書き出しと結末の可能なずれは、連歌や俳諧の運び方をみればわかるだろう。日本古来の座の文学においては、これに参加した詩人たち自身も、最後の句がどのようになるかは、発句が詠まれた時点ではわからない。連想が詩のながれをどのように変えていくかを、ただ待つ以外に知る手だてはない。川端の場合も、これに似たことがいえる。作品にとりかかった時点では、その結末がみえていないことが多いのだが、論理の必然性ではなく、「連想」のふくらみぐあいを待たなければならない作家にとって、これはほとんど当然といえよう。

『山の音』は、川端の作品のなかで、典型的といえるテクストではない。いや、連想による物語の継続という、典型的な要素をかねそなえていながら、その殻をつきやぶってもいる。抒情詩的な流れを底に秘めながらも、戦後の日本の文化的伝統がむしばまれていく過程が、ある家庭のいとなみを中心にほとんど叙事詩的に描かれるという、川端にはめずらしい、複雑な構成のうえになりたった作品ということができるだろう。一九四九年に書きはじめられ、一九五二年には、いったんそれまでに方々に分載された章をまとめて、『千羽鶴』と題された単行本におさめられる。だが、例によって、作者はさらにこれを書きつぎ、現行のテクストが完成された。

物語は杜甫の「国破レテ山河在リ／城春ニシテ草木深シ」をふまえて始められるのだが、主人公尾形信吾の家族は、戦いに破れた国の文化の伝統が崩れていくのを象徴するかのように、時代の波にほんろうされている。戦争から帰った息子は、素直でうつくしい妻の菊子をうらぎって、戦地に夫をうしなった女性と関係を持っているし、離婚寸前の娘は二児までもうけながらも、親がえらんだ相手に嫁がせられたことを恨んでいる。信吾自身、妻の姉で、彼にとっては初恋の相手だった女性を想う日が多く、その埋め合せでもあるかのように、嫁の菊子に心をかよわせる。老いの兆しが信吾に死の近いことを想わせる反面、彼をかこむ自然は、脅威をおぼえさせるほどの生命力にあふれている。しかし、季節がめぐり、また秋がきて、決定的な破局は避けられたかにみえる。夫への気持のこだわりから、一度は妊娠を中絶してしまう菊子も、夫の修一も、時の経過とともに夫婦らしく落ちついていくようである。

こう書いてくると、まるで『山の音』は家庭ばんざいのやや通俗的な小説のように思えるかもしれないが、川端は彼らしい象徴性や落し穴を貫い毒のようにあちこちにひそませて、作品にほのかな退廃性と気品をたきこめる。「照り明るむ」もみじの盆栽の記憶が、早世した義姉の象徴として、現存のどの女性よりも確実でゆるぐことのない美／愛の信号を信吾に送りつづけるが、記憶と死が、ここでも現実の世界に優先させられていることに注意したい。まさに「小説のはじまり」なのである。菊子に『雪国』の駒子を、亡くなった義姉に葉子を重ねて考えてしまうのは、読みすぎだろうか。また、彼女たちとは対照的に設定される、主人公信吾に血でつながる女性たち、娘の房子も、その子たち、国子も里子も（この作品に関するかぎり、女性の名に付された象徴性はあきらかだ）、醜さだけを強調して描かれる。彼女たちは、川端の芸術／美の世界には入れてもらえないのだ。

もうひとつ、『山の音』という作品の特異な点についてつけくわえたい。これは、川端の小説構成において、たとえば『雪国』の駒子と葉子、『美しさと哀しみと』の音子とけい子のように、いってみれば六条の御息所《みやすどころ》とその「あくがれでるたましい」の関係にある人物設定、ほんとうはひとりなのに、ふたりの女としてつくられた人物がしばしば顔をみせることにつながっている。『山の音』は、たしかに、それと平行するかたちで書きすすめられた『千羽鶴』と、対照的な位置を占めているように、私には思える。『山の音』で作者が導入した歴史的時間や、自然、家族という具体性は、『千羽鶴』では完全に抹消され、茶室の抽象的な空間がそれにとってかわる。これはひとつの例にすぎないが、これらふたつの作品は、両方をあわせたとき、より大きなひとつの詩になると考えてよいのではないか。男性的な開かれたテクストとしての『山の音』と、女性的な閉じられたテクストとしての『千羽鶴』という図式が作者のあたまにあったのではないか。これだけの作品を同時進行させるという離れ業は、こう考えたとき、その意味が理解できるし、とくに謎にみちた『千羽鶴』は、このような解釈によって、納得性を獲得するように思える。

数年まえ、ローマで会ったイタリアの若い作家とはなしていて、こううちあけられたことがある。カワバタの作品を読まなかったら、ぼくは小説を書かなかっただろう。彼の作品を読んで、書くことの冒険にぼくはのめりこんだ。彼は権威のあるエイナウディ出版社から作品が刊行されたばかりの新進作家だった。

暑い夏の午後で、しずまりかえったローマの街路に、彼の言葉は跳ねかえるようにひびいた。若い作家の興奮した口調に、私はたしかに感動していた。文学がもはやひとつの国、ひとつの国の言葉にとどまれなくなった時代なのだ。

# 気になる作家アントニオ・タブッキ

## 自伝的データにまつわるタブッキのトリック

『インド夜想曲』を読んでアントニオ・タブッキというイタリアの現代作家の存在を知ったのは、一九九一年の初夏、東京からメキシコを経てコスタリカに行く飛行機の中でだった。迷路のようなインドの旅の話を、当時の自分自身にとっても、あるいは客観的な視点からみても、これまた迷路みたいに入りくんだラテン・アメリカへの旅の途中で読んだのは、ほとんど暗示的でさえあった。それ以来、タブッキは自分にとって《気になる存在》の作家になってしまったのだが、日本の読者には四冊目にあたる彼の作品集『逆さまゲーム』の訳にとりくんでいるいま、ちょっと立ちどまって自分なりのタブッキ論を試みるのもわるくないだろうと思った。というのも、彼が作品のあちこちにまるで記号のようにばらまいている《自伝的な》ディテールが私をくすぐりつづけ、それらに作者が託した意味のようなものを、どうしても探ってみたくなったからである。かぎりなく彼自身に近い(と思われる)これらのディテールを、異質な他人のバイオグラフィーに侵入させることによって、分身ともいえる何人もの人格をつくりあげていくタブッキの手法に私はまだ惹かれつづけている。

一九四三年、斜塔やガリレオの生地として知られる中部イタリアの町ピサに生まれたアントニオ・タブッキは、ともするとローカル色によりかかることの多い現代イタリア文学のなかでは、異色な作家であるといえる。彼の文学の世界は、たとえばボンテンペッリやブッツァーティからイタロ・カルヴィーノにいたる幻想的なテーマを追求した二十世紀のイタリアの作家たちよりも、むしろE・A・ポーやロートレアモンを起点とする、ボルヘスやフリオ・コルタサールやナボコフなど、二十世紀を特徴づけるめざましいメタ・ストーリー・テラーたち、しかも、物理的にも精神的にも故国を離れたところで創作しつづけた作家たちの系列に属するもののように、私には思える。

タブッキが自分の生いたちや経歴について多くを語りたがらないというのは文壇の定説だし、そのことは、数年まえ『インド夜想曲』の成功でかなり頻繁に文芸誌などが彼にインターヴューを申し込むようになったころ、いちどならず質問者によって問題にされた。ふつう作家の紹介として記される数行の伝記的データが、タブッキの場合ほとんどゼロに等しく、彼がジャーナリストの質問に言葉を濁せば濁すほど、詮索好きな人間も出てきて、彼の父親が「ファシストだったので、家族はつらい思いをした」などという、かなり不躾な憶測がたてられたりもした。しかし、私自身、タブッキが自分についての伝記的データを公表しない理由を、彼に隠蔽すべき過去があるためであるとは考えなかったにしても、単に彼の人間嫌いのせいだと長いこと信じていた。そのことが、彼の作品の方法と密接につながっているのを理解するまでには、外堀を埋める労働者のように彼の作品やその周辺を読みあさり、いくつかの細部や記号に目を慣らし、これらを解読する方法を身につけるための時間が必要だった。

読者は、研究者としてのタブッキが、ポルトガルの現代詩人、フェルナンド・ペソア（一八八八—一九三五）についての権威であることを忘れてはならない。リスボンに生まれ、父親の死後、再婚した母親にしたがって南アフリカのダーバンにわたり、ついでケープタウンで大学に入るまでの少年期から思春期につながる時間を送った詩人ペソアは、二十歳のときリスボンにひとり帰って貿易会社の書記兼翻訳係として地味な生活をつづけるいっぽう、詩作に没頭し、モダニズムなど同時代の詩の先端をいく文芸思潮をポルトガルに紹介した。その作品の大半が詩人の死後に公表されたのだが、ペソアの詩の特徴は、彼自身が考案した《異名《エテロニム》》と呼ばれる一種の《分身あそび》にある。彼が産み出した出自も生いたちも異なる数人の《詩人》、たとえば、田園詩を書くカエイロ、彼の弟子で古典ギリシア詩の教養のあるレイス、モダニストで未来派のアルヴァーロ・デ・カンポスらは、ペソアのいわば分身であり、彼はそれぞれ異なった人格や文体をみずから創造したばかりでなく、それらの詩人の詩集を、自分がつくった詩人の数だけ編むという変わった仕事をやりとげた。現在、イタリア語で読むことのできるペソアの全詩集（アデルフィ社、全三巻）は、タブッキが、タブッキ夫人でポルトガル生まれのマリア・ジョゼ・デ・ランカストレとの共同作業で翻訳をすすめたものである。

以上をあたまに入れたうえで、たとえば短篇集『逆さまゲーム』の表題作を注意ぶかく読むと、タブッキがどうして《自伝》的データの公表を拒否するか、その理由が、素直な結び目のようにはらりと指のなかでほどけるはずである。

「逆さまゲーム」は、ペソアが自分の詩集につけた表題『ただひとりの大勢《おおぜい》』と縁の深い孤独（かの有名なポルトガルの《サウダージ》！）のテーマをみごとに小説化した短篇で、タブッキの真骨頂ともいえる、夜をめぐる抒情性と知的なゲーム性をからませた、印象に残る作品だ。そしてこの小説には、タブッキの《自伝》ともいえる要素が秘密の象嵌《ぞうがん》のように諸処にはめこまれていて、その意味からも彼の小説作法を解読するための鍵といってよい作品なのである。

大すじを追ってみよう。語り手である「私」は、ある夜とつぜん、かつてペソアの詩の翻訳を通じて知りあって以来、恋人といってよいつきあいをしてきたマリア・ド・カルモという女性の死を告げる国際電話を受けとる。リスボンにいる電話の主はマリアの夫を名のる老貴族で、こちらに来て妻の葬儀に列席してほしいという。しかし、夜行列車でリスボンに着いた「私」を広大な館に迎えた老貴族は、電話とはうらはらに冷淡な調子で応対し、その日葬られようとしているマリア・ド・カルモは、若輩のおまえなどとつきあうはずのない高貴な家柄の女だったと言い、きみは夢を見たにすぎないのだと意地わるく言い放って「私」を混乱させる。なにやら裏のありそうなこのプロットにくわえて、暮れなずむテージョ河のほとりで夕焼けを眺めながら、街の灯がまたたきはじめるまで、ブエノスアイレスのスラムに生まれ、選択の余地もないままに老貴族の妻となったわが身の不幸を嘆くマリア・ド・カルモについての「私」の追憶、そして「私」がこよなく愛しているリスボンの街角のざわめき、土地の料理の匂いやファドのひびきなどがノスタルジックに織りこまれていて、それだけでもじゅうぶんに読者を愉しませてくれる。小説は「今日こそ、マリア・ド・カルモは自分自身の《裏がわ》に到着したのだ」という「私」の納得を経て結末を迎えるのだが、《死んだ》マリア・ド・カルモには、詩人ペソアだけでなく、現在のタブッキ夫人であるマリア・ジョゼ・デ・ランカストレを表徴する記号がちりばめられているのを、すこし注意ぶかい読者なら見逃さないだろう。しかし、それだけなら、これはごくありふれた小説のモデルさがしになってしまう。私がここで強調したいのは、マリアが到着したとされる《裏がわ》の意味についてである。

あるインタヴュー（九一年）のなかで、タブッキは記者の質問に答えて、自分の幼年時代の愛読書がジュール・ヴェルヌの『海底二万マイル』であったことに触れ、おさない彼にとってノーチラス号のネモ艦長こそは、だれよりも尊敬した偉大な英雄だった、そしてその考えはいまも変わらないといった意味のことを述べている。ネモ艦長はとりもなおさず《裏がわ》の世界をつかさどる、無敵で淋しい英雄なのだが、タブッキはヴェルヌが創造した、ほとんど自己完結的な海底世界、すなわち《裏がわ》の世界を、成長の過程で《文学》あるいは《虚構》の世界とすりかえ、そのうえで、自身この世界に君臨するネモ艦長その人になることを決意したと考えてよいだろう。そしてその同じ線上で、ペソア／タブッキ＝ネモ艦長についての《伝記的》あるいは《自伝的》要素は、じつは彼らの《裏がわ》の伝記にかかわるものだといえないか。

「今日マリア・ド・カルモはついに自分自身の《裏がわ》に到達したのだ」という「私」の述懐は、したがって、彼女がその時点で虚構の世界の市民権をゆるされた事実を宣言するものだ。そしてまたこの時点を超えることによって、彼の小説の登場人物たちは《世俗の殻を脱ぎすて、小説のなかでの《自伝的日常》を生きることになる。読みようによっては『逆さまゲーム』は、もしかしたら、タブッキ自身と夫人マリア・ジョゼが結ばれるに到った過程を隠喩化して提示した作品とさえいえるのではないか。そしてこのいかにも洒落たストーリーを創造することによって、タブッキは作家がリアリスティックな《伝記的データにとじこめられ、身うごきできなくなる危険を回避しおおせたのだ。タブッキが作品のなかで追跡しつづけるのは、カムフラージュされた自伝というよりは、ストーリーの侵蝕を受けることによって《あたらしい創造を経た自伝》と呼ばれるのがふさわしい。

もういちど、ヴェルヌの海底世界に話をもどそう。おなじ短篇集に、どこか輪郭の判然としない、そのため失敗作かもしれないのだが、それでいてなんともいえない懐かしさにみちた小品、「土曜日の午後」がある。これも「逆さまゲーム」とおなじように一人称の語りによって、その夏、文面からはそれがなんであったのかはっきり説明されないある悲劇的な事件が、語り手である少年の家庭を襲ったことが匂わされる。その事件のために父親は不在で、家に残ったさびしげな母親と、秋の追試験の準備をしている少年、そして日がな一日バナナ・ボートばかり歌っている妹という三人家族の単調な毎日が、日光をさえぎる目的でぴったりよろい戸を閉ざした薄暗い勉強部屋にいる少年の耳に家の内外からとどく声や物音にからめて語られる。庭に敷いた砂利のうえを歩きまわる妹、午睡のために入った寝室で声をころして泣いている母親。そして、影のような《あいつ》が、それはたぶんどこかに身を隠している父親なのだが、道路に面した門のあたりにたまさかやってきて、庭にいる妹にメッセージをおいていく。ある土曜日の午後、母親は盛装して《あいつ》に会いに出かけて行く。全体がいかにもたよりない話で、どこか舌たらずの印象を与えながら、それこそまるで海底で地上の音に耳をすませているような、ふしぎな魅力をもった作品だ。

作者タブッキが少年のころじっさいにこんな夏を経験したのかどうかを私は知らないし、たぶんそれはどちらでもよいことだ。《ある悲劇的な事件のために、それまで幸福だった家族が息をつめたようになって暮らすようになる》という図式を、タブッキは断片的なエピソードのかたちで他の作品にもしばしば挿入している。彼の短篇のなかで、おそらくもっとも美しい作品のひとつで、おなじ短篇集にふくまれている「カサブランカからの手紙」にも、作者がその二年後に発表する中篇『遠い水平線』（日本語訳『遠い水平線』白水社）にも、このエピソードは用いられていて、読者のこころをあやしく揺るがせる。「窓を閉ざした勉強部屋」で耳をすませている「土曜日の午後」の少年にも、「カサブランカからの手紙」の病院で、もしかしたら数日後必要になるかもしれない遺書を書いている主人公にも、さらに『遠い水平線』の、殺されてしまった名なしの男にも、タブッキは、「少年のころのある夏の日に家庭を襲った悲劇」という過去と、それによって調子が狂ってしまった彼らの人生というディテールを忍びこませることで、彼らに《タブッキじるし》の刻印を押してしまう。しかも、往々にしてこの人物たちが南米のどこかの国にいたという設定は、ペソアの「異名」詩人のひとりでブラジル生まれの《リカルド・レイス》を匂わせるものだ。

「タブッキなんて、ペソアの《異名》のひとりにすぎないさ」と、ある批評家が皮肉をこめて言ったという話を聞いたことがある。それでもいい、と私は思う。まるでコンピューター・ウィルスのような執拗さで、なんのことはないペソアまで変換して、自伝的データをうまく他人の内部に忍びこませるタブッキの手法は、彼のつくった登場人物たちの放つなつかしい人間の匂いとともに、まだ当分、私を愉しませてくれそうだから。

# ボウルズに惹かれて

『タンジール、海のざわめき』(北代美和子訳、河出書房新社)というフランスのジャーナリストが書いた本を、ある友人が、ちょっといい本だと思うの、とさりげなく研究室の机のうえに置いていってくれたのは、冷夏のある夕方だった。しゃれた白地の表紙には、城門の内部と思われる闇のなかから、おなじみの暗いほど青い地中海ふうの空が見え、ずっとむこうには、もうひとつ、これも漆喰塗りの壁が白くてまぶしい門が暗い口をあけている。乾いた夏の空気がちりちりと肌に伝わってきそうなその写真の雰囲気にまず引きこまれた。そして、最初の章で著者が訪問して紹介するポール・ボウルズに魅せられ、いまだにはまりこんだままである。『シェルタリング・スカイ』はこれまで日本語に訳された数すくないボウルズの作品のひとつで、ベルナルド・ベルトルッチ監督の映画で有名になったが、それが東京で上映されていたころ、その一見意味不明のタイトルから粗忽者の私はさっさと対核爆弾避難所/防空壕のようなものを連想し、それを勝手にポスターにあったラクダの隊列と組みあわせて、アフリカを舞台にしたスパイ小説だと思いこんでしまった。そんなわけだったから、さっそくヴィデオ屋さんから借りてきた映画を見てびっくりした。光ばかりのような砂漠と空の写真もむろん私を魅了したが、その苛酷な自然にはぐくまれたアラブ世界の、といっていいのか、ベルベル人たちの論理のまえで手も足も出ない西洋の論理が、女主人公キットのドラマに象徴されているようで、感動した。それまでもボウルズという作家の名は、雑誌「Ｓｗｉｔｃｈ」の特集号などで目にとまってはいたのだけれど、没頭するまでには到らないまま中途半端でおいてあったのを、もういちどひっぱりだして眺めたり、ポール・ボウルズ特集の雑誌を買ってきて読んだりした。

つぎにおどろいたのは、私がボウルズにいれ込んでいる、という不穏なうわさが二週間ほどのあいだに何人かの友人・知人のあいだをかけめぐったことで、そのうちのひとりが、もう読みましたか、といって日本語訳ではなくて正真正銘の“Sheltering Sky”をもってきてくれ、私はさしせまった新学期の準備も、その他あらゆる義理も仕事もほうりだして、ひたすら読みに読んだ。そのころには、たとえばボウルズが、やはり私が（わからないなりに）ずっと憧れているガートルード・スタインのすすめでタンジールを訪れ、やがてはそこで暮らすことに決めてしまった話や、妻で作家でレズビアンだったジェインがながいこと神経を病んで死んだ話、夫妻の土地から土地へのはてしない遍歴、しかも、すくなくとも写真で見るかぎりでは彼らがなかなか美しい男女だったことまでも知るようになっていたし、いくつかの短篇にも接していた。作家の伝記にまつわる知識は、ときにはかえって作品を読みたいという気持を希薄にしてしまうこともあるけれど、ボウルズの場合は、映画を見ていたからでもあったのだろう、まず“Sheltering Sky”が読みたかったので、本をもらってほんとうにうれしかった。

作曲家としても名のあるらしいボウルズがいったいどういう作家なのか、一冊の長篇といくつかの短篇を読んだだけで意見がのべられるはずがないのだけれど、「サハラで一杯の紅茶」という題そのものからして蠱惑的な第一部から発展していく『シェルタリング・スカイ』の魅力は、まず、ボウルズが砂漠の世界をひとつの包括的で壮大な隠喩につくりあげている点で、それがじつに今日的でもあり、もはやそこを脱出することのできない「異国」の捕囚になりはてた主人公たちの深いとまどいを背後で支えている。日常に耐えられないことを知った旅人たちは、異国のあまい誘惑につられて、ふらふらと遠い土地に住みついてしまう。しかし、気に入ったものだけを愛し、気に入らないものは冷静に拒否できると信じていた対象は意外に手ごわく敵意にみちていて、ときには歯をむきだし、ついには爪を立てて襲いかかり、気づいたときにはもう帰路は断たれている。自分はただの観光旅行者ではないという自負が、なんとみじめに崩れ去ることか。ビート・ジェネレーションの作家たちがあんまりアメリカアメリカしていてなじめなかったのが、ポール・ボウルズの作品に出会って、なにかほっとしているのは私だけなのか。

## ポール・ボウルズに陥《はま》った日々

### P・ボウルズ『世界の真上で』

「ポール・ボウルズ作品集」の第一冊目『世界の真上で』が版元の白水社からとどいた。六月以来、まるで目にみえない手にみちびかれてのように、自分では考えてもみなかったこのアメリカ人作家に私を近づけた一連の《事件》も、これで一応の結末をむかえるのだろう。こんど発売された『世界の真上で』は、『シェルタリング・スカイ』、『雨は降るがままにせよ』、『蜘蛛の家』につづいて一九六四年から翌年にかけて書かれたボウルズ四作目の中篇小説である。舞台は前作のモロッコをはなれて中米の国々に移されていて、短いわりには案外こみいったストーリーだが、人間の意識の本質的な孤独をめぐるテーマは、『シェルタリング・スカイ』から一貫して続いている。さっそく目を通しながら、ボウルズにうっかり陥って熱に浮かされたこの半年をふりかえってみる。

六月。ダニエル・ロンドーというフランスのジャーナリストが書いた、ポール・ボウルズへの訪問ではじまる『タンジール、海のざわめき』という本が、《事件》の発端だった。ある夕方、友人がなにげないふうに机のうえに置いていってくれたこの本を、すっきりとした表紙のデザインと、ル・クレジオから引用した「海のざわめき」という蠱惑的な副題につられて手にとったのだったが、最初の何ページかを読んだだけで、そこに述べられているボウルズという作家につよく惹かれ、さっそくこの作家についての資料をあつめはじめたのだった。

ボウルズは一九三〇年、パリで出会ったあの風変わりな天才ガートルード・スタインに薦められて、モロッコのタンジールまで足をのばす。当時、北アフリカのこの辺りは、まだ西欧文明に汚染されない高貴な僻地であったという。スタインには評価されなかったものすでに詩を書きはじめていた二十歳のボウルズは、たちまちこの港町が自分にとって「魔法の場所」であることを直感する。まもなく彼は作曲家として名声を得るのだが、モロッコへの想いは消えず、この土地が自分にとって「叡知と恍惚と――そしておそらくは死さえも（……）与えてくれる」場所であるにちがいないとの確信にひきずられるようにして、一九四七年にはそこを永住の地と決めてしまう。自分の内面が解放される土地として遠い外国をえらんだボウルズに、私としては深く身につまされるものがあったのも事実だ。

「夜が街を優しく包みこむ。ポール・ボウルズの住まいと隣りあわせの空き地でモロッコ人がひとり、羊たちに草を食ませている」

ロンドー記者によるこんな夕暮れの描写を読んだだけで私はたちまち、ボウルズという作家をそれほどひきつけたタンジールにいつかは行ってみたいと思ってしまう。この本を読んだのが、雨の多い、冷夏といわれた夏で、ひたすらアフリカふうの太陽が恋しい日々だったことも影響したかもしれない。駅前のヴィデオ・ショップから借りてきたベルナルド・ベルトルッチの映画『シェルタリング・スカイ』が、私の《ボウルズ症候群》をさらに悪化させたのはいうまでもない。

愛情と信じられていたものが冷めて、すっかりぎくしゃくしてしまった裕福で知的なアメリカ人夫婦、ポートとキットが、いくつかの行き違いを経てサハラの奥地への旅を企てるのだが、夫のポートは不便な旅先で重いチフスにかかる。フランス軍の駐屯地でやっとあてがわれた倉庫の片隅で過ぎていく、恐怖とあせりに満ちた時間。襲いかかる死の暴力にあらがって正気／人間らしさを失っていく夫をまえにしたキットの底しれない孤独感が許容度を超えたとき、彼女は瀕死の夫を置きざりにして砂漠にさまよい出てしまう。

ベルベル人の隊商と出会った彼女は、すくなくとも渇きと飢餓による目前の死からは救われるが、救済と思われたものは、あらたな、しかも決定的な精神の破綻にみちびく罠でしかなかった。苛酷な砂漠の性のかたち。そして自己の存在感が希薄になるほどの光の横溢と漆黒の夜。砂漠。夜がふたたび白んだとき、前日となにひとつ変わることなく行く手によこたわる、金色の砂漠と鉱物質の青い空。

『ラスト・エンペラー』にも見られるエキゾチシズムに彩られたベルトルッチの画面はすばらしかったが、映画だけではとうてい満足できなくて、この『シェルタリング・スカイ』

という日本語には訳しにくい表題の原作を探しはじめた。

ポール・ボウルズに私が取り込まれている。初秋のころ、そんな噂を聴きつけたひとりの編集者が、ずっしりと重い英語版のボウルズ作品集をもってきてくれた。ボウルズの作品集の企画をすすめていた彼は、よかったらお読みください、とまるで私の心を見抜いたようなことをいうと、さっさと帰っていったのだが、いま考えると、本をもらって単純によろこんでいた私は、なんのことはない、ひそかにひしめく東京のボウルズ族が同病者をふやそうとはりめぐらしていたクモの巣にとびこんだ、おめでたい最後の昆虫だったようである。

そのころ、またどこからか私のボウルズ熱をききつけた別の友人が、ボウルズの短篇を送ってくれたり、タイミングよく上演されたボウルズの芝居に誘ってくれたりした。もう後に引けないとばかりに、私はまた一歩、この作家に近づくことになる。

ぐうぜん手に入った(としかいいようのない)"Sheltering Sky"は、久しぶりに出会った読みごたえのある小説だった。この本が読者をつよい感動にさそうのは、この作品がはてしなくひろがる砂漠を背景にした凄絶なラヴ・ストーリーだからというだけでないのはもちろんだ。たとえば、つぎのような描写に出会うとき、読者は、一瞬、ふたりのあいだにかわされるこまやかな愛情の記号に注意をひかれるあまり、最後のセンテンスにひそむ暗い穽《おとしあな》をうっかり見過ごしてしまうかもしれない。

「薬を飲ませると、キットは着ていたものをそっと脱ぎ、彼のほうに顔をむけて横になった。眠ってしまうまで相手を見ていられるようにランプはつけたままで。風が、いまやあたらしい孤独の暗い深みに達した彼女の暗い自覚を祝って、窓に吹きつけていた」

キットの精神の出口のない漂流に気づいて、背すじに水が走るのを覚えるのは、私だけではないはずだ。

ボウルズは、また、砂漠の旅びとたちを描くことによって、たとえばE・M・フォースターのように複数の文化のあいだによこたわる価値観の落差について語ろうとしているのでもない。フォースターが智者でいられたのは、ヴィクトリア朝時代を背負い、これをひきずっていたからだ。ボウルズが語ろうとしているのは、もはやそんな悠長なことをいってはいられない私たちの時代についてだ。彼がそれについて語っているのは、かつてキリスト教の師父たちがみずから選びとった崇高な孤独からはほど遠い、黒い頭巾をかぶった死刑執行人の斧のように、凶々《まがまが》しく頭上にふりかかってくる孤独だ。

彼の小説の主人公たちは、人間らしくあるための基本的な手段、まして作家にとっては唯一の道具でもある、言語の使用を通じての救済さえ拒まれる。高熱にうなされるポートの意識が現実から遠のいて、彼が「人間でない、なにか獣みたいになってしまった」ことにキットは絶望し、究極的な破滅の到来をさとるのだが、こんな文章を修辞の戯れと解釈するとしたら、私たちはこの作家をまったく理解していないことになる。

こんど届いた第四作の『世界の真上で』でも、孤独のテーマはひきつづき追跡される。第一作からかぞえてほぼ十五年後に書かれたこの作品の主人公もまたアメリカ人夫妻だが、ここでは乾燥したサハラ砂漠のかわりに、中米の密林にかこまれた閉塞的な土地が舞台である。妻がちょっとした遊び心から近づいた土地の男の魔手にかかって、夫妻は強烈な幻覚症状を起こす麻薬を飲まされ、その治療のためといつわって注射がつづけられ、ふたりは、自分たちがどこにいるかはもとより、だれであるかの記憶まで消されてしまう。

「彼女は長いあいだ待った。だれも来ないし、声も聞こえてこない。鳥は姿を消し、ほとんど真っ暗だ。気持ちを傷つけられ、憤りを感じながらもいつしか眠ってしまった」

「世の中にはもはや確かなものなどないようだった。あるのは不安定な要素だけだ。あらゆるものが切り離されて、漂っていた」

これは妻のデイが麻薬による譫妄《せんもう》状態からほんのいっとき覚醒したさいに、あたまをよぎる思考の断片である。第一作の『シェルタリング・スカイ』で夫婦の意識を奪うのが、高熱や砂漠での漂流という、いわば自然のなかに内在する要素であるのに反して、この作品に描かれる幻覚/狂気は、LSDなどの薬物によってもたらされるものであり、しかもそれがぐうぜんに出会った「無責任なひとりの男」の犯罪によって誘発される点、『シェルタリング・スカイ』とは比較にならないほど悪意にみちたものである。そのうえボウルズは、まるで文法上の規範から逸脱することによって精神の混迷を象徴させるかのように、人称や人名を故意に混同するという実験的な手法で話をすすめたりする。

ときとして、不安が私をおそう。『シェルタリング・スカイ』にせよ、『世界の真上で』にせよ、さらに短篇「優雅な獲物」にせよ、ボウルズの描く救いのない不条理と荒廃と暴力の風景をまえにして、私は大学生のころにむさぼり読んだ、おなじモロッコの地がしばしば語られるサン・テグジュペリの『城砦』を思い出さずにはいられないのだ。ボウルズに比べて、サンテクスの砂漠にはなんという透徹と静謐と秩序にあふれた知の世界があったことか。不条理な暴力に満ち、ときにほとんど完璧に近い言語の闇を描いてみせるボウルズの世界は、やはり私をおびえさせ、一刻もはやく（整然とした、といまも思いこみたい）かつて私をなぐさめてくれたヨーロッパの秩序のなかに駆け戻るべきではないかという疑問が私をとらえるからだ。

だが、世界のなかで揺るぎない伝統と信じられてきた多くの価値が不可逆的に崩壊し、変化しはじめている現在、発病の何日もまえから悪寒がとまらなかったポートの現実を日々生きている私たちには、いまやボウルズの絶望や孤独や不条理のほうが、むしろぴったりなはずだと、こころのどこかでひそかに執拗にささやくものがあって、それがやっぱり私を彼の文学に向かわせてしまう。


（木村恵子訳、白水社）

# 荒れ野に咲く花

## E・M・フォースター『ファロスとファリロン』

E・M・フォースターの『ファロスとファリロン』〔灯台と小さな灯台〕は、アレクサンドリアという都市あるいは混沌を、歴史上の人物や出来事についてのどこかアナトール・フランスを思わせるいくつかの短篇と、よりエッセイふうな数篇をつないだ、形式的にも工夫のあとがみえる作品だ。私にとっては、しかし、歴史のある時点で東洋と西洋の最高の知性がしのぎをけずりあったアレクサンドリアという都市の名そのものが、さまざまな想いをかきたてる。著者は「ファロス」にくらべて「ファリロン」を《より個人的》と定義しているが彼の「ファリロン」に、私自身の「ファリロン」をいくつか重ねてしまったのは、いまもまだ毒をもちつづけているあの都市の魔性に誘われてのことではないだろうか。

記憶は、私がはじめてヨーロッパに向けて航海した、一九五三年の夏の夕暮れのアレクサンドリアに飛ぶ。ながいことかかって船が停泊の作業を終えるあいだ、港は夕焼けに燃えつづけた。四十日に近い航海のすえスエズ運河を過ぎて、とうとう船が地中海に入ったことの興奮に私は疲れ、ほとんど憔悴していた。最後の寄港地アレクサンドリアは、私にとっては、一刻もはやく通過すればそれだけヨーロッパが近くなるという、ひとつの点でしかなかった。貨客船といわれた、あのころの欧州航路のたった三人の乗客と連れだって街に出たとき、もうあたりはとっぷりと暮れて、高い柱にともったガス灯の青白い明かりがぼんやりと街路を照らしていた。石畳とよばれる、あのヨーロッパの古い街々の道路を被っている黒い光沢のある四角い石の表面が、軽い夏靴をはいた足の下で奇妙にでこぼこに感じられた。がらがらと大きな音をたてて、馬車が一台、走ってきた。見上げると御者のうしろの座席に、白いひらひらのある、よそいきの服を着た白人の女の子が、ガーデニアの花のようにふんわりとひとり座っていた。それだけを憶えている。

つぎに、イタリアに行って、はじめて《自分が》えらんで買った本は、店頭にならんだばかりの、ウンガレッティが晩年をうたった詩集だった。彼に想いが飛ぶのはイタリアの現代詩の幕を開けたといわれるウンガレッティが、エジプトのアレクサンドリアの生まれだからである。詩人の家族は、父親がスエズ運河の工事に従事するため、フィレンツェの南の地方から移民してきたのだった。ウンガレッティがまだ小さいときに父親は熱病にかかって死んだから、母親が、パン焼きのかまどを時間貸しする商売（四、五十年まえまで、中部イタリアではめずらしいことではなかった。家でこねあげた一週間分の生白いパンを、公共かまどに持っていって焼いてもらう）をはじめた。母親の店にやとわれていたアラブ人たちがイチジクの木陰で昼寝する、ものういアレクサンドリアの午後。イスラムの祈りの時間を告げる祈禱係のムエヅィンの鋭い叫び声。家ではイタリア語、学校ではフランス語を話していたウンガレッティが、あてどない議論をくりかえす文学青年のたまり場だった倉庫をあとにして、勉強のためパリに向かったのは一九一二年だった。ちなみに、十歳近く彼の年長だったE・M・フォースターが、赤十字事務官としてアレクサンドリアに赴任したのは、その三年後ということになる。

「ファロス」を愉しんで読むためには、古代史への興味と古典の知識を用意したほうが得策だが、「ファリロン」の風景は、ふと手をのばせばとどきそうな場所にある。こんなところでギリシアの現代詩人カヴァフィスに出会うとは想像してなかったけれど、私が圧倒されたのは《寂しい場所》という章に描かれた花の風景だった。エジプトの大地を、まるでプルウストのコンプレエみたいに、花々が埋めてしまうなど、だれが想像しただろう。それも、章ぜんたいが、ときには隠微な気配さえほのめかす野いちめんの花に埋めつくされる。

スコットランド高地のムアを思い出させる、とフォースターがいうこの荒れ野は、都市アレクサンドリアの西にある大湖水マリウートのほとりに位置するらしい。毎年、季節がやってくると、花たちは、まるであの青衣に身を包んだ戦闘的なベドゥイン族だけのためとでもいいたげに、ひそやかに豪華に、色とりどりの絨毯を荒野にひろげる。「なかでも季節を問わないのは、意外かもしれないが、あのかさかさした茎や、すっきりしない、すじだらけの花が、〔魂が死後に行くという〕楽園の野を夢みた人たちの多くをがっかりさせる、アスフォデルだ」。だが、詩人にとっての現実とは、言葉をおいて他にないのを、フォースターは、だれよりもよく知っていたはずではないのか。

遠い日の夜、気もそぞろに暗い道を歩いた私のアレクサンドリアの路傍にも、ウンガレッティの描く汗ばむ午後のアレクサンドリアにも、花は一輪もなかった。

（池澤夏樹訳、『E・M・フォースター著作集〈7〉』、みすず書房）

## 偏奇館の高み

荷風ってふしぎな作家だねえ。日本文学にくわしいイタリアの友人がつくづくわからないという顔をして言ったことがある。偉大な小説家というのとはちょっと違うのに、なにか忘れられないなつかしさが彼にはあって、いろいろな人が、荷風のことをそれぞれなふうに大切に思っている。そうね、と答えながら、私は、なかなかうまいことをいう、と感心した。私自身、荷風を大事に思っているのだけれど、たとえば、あの人はほんとうに偉大な作家だったのでしょうか、といった質問にはうまく答えられない。それでいて、文章を書きながら、ふと荷風の目を気にしている自分に気づくことがある。そして、こんなふうにも考える。荷風がいてくれなかったら、鷗外という崖は自分たちにとって、どれほど恐ろしい存在だったろう、と。ときに息づまるような鷗外の完璧主義を、矛盾にみちた荷風の生の軌跡がやわらかくとりなしてくれる。

五月はじめの休日の朝、私は思い立って麻布に行ってみることにした。市兵衛町の偏奇館跡をたずねたかったからである。何年かまえまで、まだ散歩という時間を割り出すのが自分にとって比較的容易だったころ、そして、すこしくらい無理をしてもひと晩ゆっくりと寝れば拭ったように疲れがとれたころ、私は仕事の合間に荷風の作品のあとをたずねて、ときには友人といっしょに、しげしげと向島や浅草や小石川に足を運んだ。にもかかわらず、いまは六本木という町名でくくられてしまった旧市兵衛町界隈にこれまで行ったことがなかったのは、そこからあまり遠くないところで少女時代の日常をすごした自分にとって、おなじ場所に荷風の跡をさぐることに、なにか面映ゆいものを感じていたからでもあった。それをついに敢行することにしたのは、久しぶりの休日にあたらしい気分が湧いたこともあったが、もうひとつには、戦後すぐの年に、荷風を遥かな崖のうえの高みにすえてその文学への思いを綴った石川淳の作品にそそのかされてのことだったかもしれない。

作品というのは、一九四五年の三月、東京大空襲の直後に書かれ、翌年、「三田文学」誌上に発表された「明月珠」という短篇である。中年とおぼしい、著述をなりわいにする男の一人称の語りで話は進められるが、男はある事情から自転車を乗りこなす練習をしようと決心し、日夜稽古に腐心している。近くの空き地で彼が自転車の練習をしていると、その南側の崖の上を、ときおり、ひとりの老紳士が通りかかる。

「老紳士といつても、すこしも老人くさいところがなく、せいの高い、背中もぴんとして、黒のソフトのかげに白髪の光るのがいつそみづみづしく、黒の外套をゆたかに著て、その下の背広もきつと大むかしの黒羅紗だらう、しかし履物はちびた駒下駄で、ときには蝙蝠傘をもち、ときにはコダックの革袋をさげて、径の枯笹のほとりを颯颯とあるいて行く」

男が藕花先生と呼ぶこの老紳士は、空き地からさほど遠くないところにある「連絲館」

という館の主人で、男は多少なりともその人物の芸にあやかりたいと精進をかさねている。たとえ自分がどれほど自転車乗りの術に長けたところで、藕花先生の「駒下駄もしくは日和下駄」の威力には遥か及ばないことは百も承知のうえではあるのだが。

いうまでもなく、男は石川淳自身、また著者が「藕花」先生とハスの花をもじった名で呼ばれる老紳士は荷風、連絲館は偏奇館のもじりである。荷風が非業の死をとげたとき、石川淳は「敗荷落日」を書いて激しく死者の晩年を批判して人々を驚かせたが、いっぽう、幻想にみちたこの短篇からは作者の荷風に対する素直な傾倒ぶりが窺えて、私をほっとさせる。いかにも石川淳らしいひねりの多い作品で、さきに挙げたメイン・テーマに加えて、男が就職口を探す話、彼を毎夜たずねて来て自転車の乗り方をコーチしてくれる西隣の家の爽やかな少女の話などが、戦時下の暗い世相に交差して語られている。

作品が書かれた一九四五年（昭和二十年）の三月というのは、とりもなおさず、荷風が空襲で偏奇館を失った直後である。そのことからも、この小説を、大きな不運に遭遇した荷風への、心のこもった一種の火事見舞いと読むことも可能だし、「西隣の家の」少女や、自転車その他が象徴するものをさまざまに想像するのもおもしろい。だが、私には、終わり近くにおかれたつぎのくだりが、はじめて作品を読んだときからずっと忘れられなかった。

「わたしはまのあたりに、原稿の包ひとつをもつただけで、高みに立つて、烈風に吹きまくられながら、火の粉を浴びながら、明方までしづかに館の焼け落ちるのを見つづけてゐたところの、一代の詩人の、年老いて崩れないそのすがたを追ひもとめ、つかまへようとしてゐた。弓をひかばまさに強きをひくべし。鶉花先生の文学の弓は尋常のものではないのだらう」

すぐに弓とか、強き、とか気負ってみせる夷斎石川淳のつっぱりは、たとえ戯作ふうのやつしだからといわれても、私は好きになれないのだが、蔵書が灰になるのをまのあたりにして立ちつくす丘の上の老詩人を描ききって、どこかギリシア悲劇の主人公を彷彿させる作者の筆の冴えは、稀な感動をさそう。さらに荷風を「一代の詩人」と呼び、かさねて「世にかくれのない名誉の詩人」と呼んでいる。小説、あるいは随筆といった枠にとらわれることなく、それらすべてが目標とする高みを求めつづけた荷風を「詩人」とした石川淳はただしい。

そんなわけで、その日、私が行ってみたかったのは、あの夜、荷風が焼け落ちる偏奇館をまえにたたずんだ丘であり、同時に、荷風へのひそかな思いをあの超現実的な短篇に仕立てあげた石川淳の作品のなかの丘でもあった。

六本木の交差点から、ずっとまえは市電の電車道だった坂を溜池にむかって降りて、福吉町とか今井町などという停留所があったあたりを、はやばやと右に折れてしまったのが、迷いはじめだった。麻布界隈の古い地図を片手に、それでいてほとんど迷うのを愉しんでいるみたいに、地図の示す論理につぎつぎと背きながら、私は、早春のような薄日の射す坂道から坂道へと歩いた。ある坂道では、丘の下を通る高速道路の轟音が空を覆ってひびいていて、こんな休日の朝、この坂の家々に住む人たちは、どうやって朝寝坊の贅沢を確保するのだろうといぶからずにはいられなかった。さらに行くと、墓地と駐車場がひしめき侵蝕しあう、妙な谷間があった。また、もうひとつの急な坂をのぼりつめたところでは、丈の低い笹と灌木の茂みにかこまれた、おそらくはこの界隈が空襲で焼けてまもなく建ったと思われる木造家屋のわきで、髪のまっ白な、品のいい老人が地面に顔をつけるようにして、空き地ともいえない小さな三角の土地に植えた草花の手入れをしていた。道に迷いながら、三十分ほどのあいだに二度、私はその横を通り抜けた。三度目に通りかかったとき、まるでしぜんのように私が歩調をゆるめたのに、気づいたのだろう、洗いざらしの白いシャツの背中がこちらにねじられて、老人が顔をあげた。

箪笥町なら、そこの広い通りの信号を渡られて向こう側の道を、左手に坂を降りられたあたりですね。このへんは市兵衛町でございましたから。老人はしゃんと起立して、私の質問にていねいに答えてくれた。そうだった。地図で市兵衛町、市兵衛町と探していたのに、おもわず箪笥町と声に出てしまったのは、『濹東綺譚』に影響されてのことだったにちがいない。冒頭で巡査に呼びとめられた大江匡が、訊かれるまま自分の住所をこう告げている。麻布御箪笥町。同時に、偏奇館は市兵衛町のなかでも箪笥町寄りのはずだったという土地勘のようなものが、磁石の針みたいに私のなかでちろりと動いたのもたしかだった。

老人のいった「広い通り」は、一の橋から登ってくる高速道路の下を走る道だった。現在はこの近くの大きいホテルの別館になっている土地に、大学時代の友人の家があった。あれは六五年ごろだったろうか、当時、著名な通信社の社長だったお父さんの、たぶん社宅だったその宏壮な邸でさいごに彼とゆっくり話したとき、友人は目をかがやかせて、ほとんど誇らしげにいった。もうすぐ、一の橋からまっすぐ溜池に出るすごい道路ができるんだぜ。お父さんも亡くなり、友人も五十をすぎたばかりで惜しまれて数年前に他界したが、「すごい道路」はほんとうに広くて、急ぎ足で渡っても青信号がまたたきはじめた。

地域再開発ということで住人が追われたあと、膨張経済の崩壊がこの地区をも襲ったのだろう、破綻した計画の異様な沈黙が、偏奇館跡の荒れ果てた共同住宅をすっぽりと包んでいた。建物の名がグロリアというのが皮肉でおかしかった。休日のせいもむろんあったのだろうけれど、人影はなく、五月というのに鳥のさえずりさえ聞こえなかったのは、地区の死を無言で包みたいという死者たちの意志がどこかにじっと潜んでいたのか。かつて石川淳が、荷風の君臨した高みの隠喩に仕立てあげた偏奇館の崖は、周囲をとりまくホテルや外資系コンピューター会社など、肩をいからせて朝のひかりに燦めく高層建築群の谷間で、ずっと下を走る高速道路の反響が夏の日の虻の囁きのように伝わってくる、小さな虚構の高みにきっちりと縮小されて閉じ込められていた。

数日後、年譜を繰っていて、あの夜、「原稿の包ひとつをもつただけで、高みに立つて、烈風に吹きまくられながら、火の子を浴びながら、明方までしづかに館の焼け落ちるのを見つづけてゐた」荷風の年齢が、現在の自分のそれとおなじだったことに気づいたのは、怖ろしいような収穫だった。

# 北イタリアの霧のように

## カルロ・カッタネオが描く『ベラミ』の世界

イタリアには、リブロ・ストレンナ（贈答本）といって、銀行や会社、出版社などが、毎年、クリスマスのころに、それぞれが趣向を凝らして写真集や画集をつくり、それを得意先や友人に配る習慣がある。むろんそれは、ありふれた会社や工場の写真集なんかではなくて、たとえば、メセナで修復した由緒ある修道院の壁画の写真集だったり、出版社だったら、著名な外国の詩人の作品に、対訳をつけて、瀟洒な小冊子にまとめたりする。どの会社も、というのではなくて、それだけの知的、財政的な余裕のある企業だけが、ひっそりとこれを続けている。いったいどのような経緯で、世界のどこの国で、このすばらしい習慣が生まれたのかは知らないが、本好きの人間にはこたえられない贈りものだ。

タイプライターやコンピューターで知られるオリヴェッティ社のリブロ・ストレンナは、デザインにうるさいこの会社のものだけあって、（同社のカレンダーとともに）だれもが手に入れたがるほとんど貴重品といっていい。十九世紀から二十世紀にかけての欧米の文学作品（翻訳）に、ラディカルな仕事をしている若手のイラストレーターによるさし絵がついていて、ソローの『森の生活』や、トーマス・マンの『ヴェニスに死す』、それにルイス・キャロルの『不思議の国のアリス』など、どれも印象に残る本だ。一九九三年、すなわち昨年のクリスマスは、ギ・ド・モウパッサンの『ベラミ』(一八八五年)の豪華本だった。二五×三三センチ、厚さ四センチほどの大型本で、表紙はワイン・カラーの布製、さし絵は、カルロ・カッタネオという画家が担当しているが、ローマ在住ということ以外どういう経歴の人なのか、年齢もなにも私にはわからない。

いうまでもないが、『ベラミ』Bel-Ami は、『女の一生』や、絶妙な短篇「メゾン・テリエ」などでも知られる、ギ・ド・モウパッサンの長篇小説で自然主義手法を代表する傑作のひとつだ。ノルマンディーのまずしい居酒屋の息子デュロワは、鋭敏な才覚と美しい容姿だけをもとでに、パリの街角でぐうぜん出会った旧友の好意で新聞社に入るが、徐々に頭角をあらわして、社交界では Bel-Ami すてきなおともだち、と女たちにもてはやされ、やがて旧友が病死すると、かねて狙っていたその未亡人を妻にする。さらに彼女が愛人の死にさいして遺産を受け取ると、その半分をとりあげるというがめつさ。その上、新聞社の社長ヴァルテールがアルジェリアの公債で大儲けすると、こんどはその娘シュザンヌを手に入れるために、妻の不貞をあばいてさっさとこれを離別し、ういういしいシュザンヌをうまくいいくるめて結婚にこぎつける。とんでもない男の、恥も外聞もない出世譚だが、この小説に、それほどの暗さが感じられないのは、栄達の階段を駆けあがっていくデュロワの一途さが、彼が踏みにじる社交界の人々の欺瞞に比べて、どこかほんものの魅力を失わないという、作者の仕掛けた皮肉のせいだろう。また、登場人物たちのファッションや住居の描写などがなかなか細かくて、私を魅了する。さらに、モウパッサンのフランス語が、たぶん、ゴーロワ的な勢いのよさや、エスプリに支えられていることも作品をいきいきとさせている。フランス語というと、論理の明晰がまず賞讃されるのだが、きまじめなイタリア語に慣らされた私には、それを斜によけたようなあのしゃれっ気がどうにも心にくい。

イタリア語版の『ベラミ』では、訳者の落度というのではなくて、フランス語の、おもに音声的なものをとおして伝わってくる、あのぴちぴちした、シャンパンの泡みたいなところが、必然的に失われる、そこからくる重さが、北イタリアの湿地にたれこめる霧のように影を落としている。さし絵は、『ベラミ』のストーリーをただ追うのではなくて、モウパッサン自身を描いているかと思え、おなじ作者の他の作品を描いたものとも思えるものがある。どれもが、ときにじっと目をこらしたくなるほど、暗いのだけれど、モウパッサンが大切にしていた水のイメージなのだろう、うるんだようなぜんたいの色調にも、あるかないかの人物の表情にも、人間であることの深い悲しみのようなものがたゆたっていて、本を閉じたあとも、すっと寄りそってくる。

## ウェルギリウス「アエネイス」

中世のヨーロッパにはホメロスの叙事詩「イリアス」や「オデュッセイア」より先にひろまっていたラテン文学の傑作だが、日本での「知名度」は低い。十九世紀のドイツ・ロマン派が、「アエネイス」はホメロスの焼き直しだとけなしたものだから、明治時代、ドイツから西欧の哲学や文学を輸入した日本でも読まれなかったのが、原因のひとつ。また、作者ウェルギリウスが庇護を受けていた皇帝アウグストゥスのために書いたという作品の由来も、盲目の吟遊詩人の伝説にくらべると散文的で魅力をそぐのかもしれない。

私も最初は敬遠していたが、読みすすむうちに目がひらかれた。しっとりとした情感が、荘重なリズムの行間にあふれている。慶應大学でラテン語を指導していただいた藤井昇先生は、それを、ウェルギリウスが北イタリアの出で、ケルトの血が流れていたからだと説明された。

主人公のアエネアス（彼はトロイ戦争でギリシア軍に敗退した側の王子だった）が、わたしはここで死ぬ、若いものは逃げなさい、と言いはる老いた父親を背負い、幼い息子の髪にふりかかる火の粉を払いながら、燃えさかるトロイを脱出する場面、その途中、あっというまに見失った妻の亡霊が、お元気で、と夫アエネアスの夢枕にたつ場面など、五十年まえ、空襲に逃げまどった私たちの記憶にも重なって、なまなましい。

いわば負け組の文学ともいえ、いま難民と呼ばれる人たちを主人公に仕立てた詩人の心情は奥深い。日本語訳も平易で愉しめるが、英語ではロバート・フィッツジェラルドの名訳がある。

## ダンテ「神曲」

ギリシアの古典がまだ伝わっていなかった十三世紀のイタリアで、詩人ダンテ・アリギエリがもっとも尊敬していたのは、「アエネイス」の作者ウェルギリウスだった。愛し慕った先達の案内で、死後の世界を旅する自分を描くとは、うまく考えたものだ。

地獄は上下ふたつの区域に分けられていて、上には弱さゆえに神に背いたものが、下には、意図的に罪を犯したものが行く。火に焼かれるのではなく、最下部は氷の海。《仕事がいそがしくて》結婚式にも出てこなかった夫から、やさしい彼の弟に心を移してしまったフランチェスカは、愛人パウロといっしょに、ひとつ雲にとじこめられて、ふわふわと哀しく漂いつづける。この愛のきっかけが、ふたりいっしょに読んだ一冊の本——アーサー王の妻を愛したランスロットの物語——であった、と彼女が告白する一行はよく引用される。

天国に行くにはまだ未熟だが、神には愛されている、という霊たちは煉獄の火に浄《きよ》められ、やがて仲間の歓声に送られて天上に旅立つ。ウェルギリウスは煉獄の頂点にあるエデンの園で去っていく。天使がミツバチのように飛びかい、歌声の絶えない天上での案内者は、ダンテがかつて愛し尊敬をよせた女性ベアトリーチェだ。天の至高所には神秘のバラが純白にかがやく。ダンテは教皇や司教まで泥と悪臭の地獄にとじこめてしまうが、教会は文句をいうどころか、フランスの歴史学者ル・ゴフによると、神曲に描かれた煉獄をちゃっかり失敬して、教義に入れてしまったという。なんともおおらかな、宗教改革以前のキリスト教世界ではあった。

### オウィディウス「転身物語」

もう四月というのに、つめたい霧がたちこめていて、スルモーナに向かう登り道の最後のカーヴには、痩せて曲がりくねった木が一本、うっすらと黒い木肌を見せて立っていた。朝はやくナポリから登ってきた私たちの赤いゴルフなど、イタリアの背骨とも呼ばれるアペニン山脈のほぼ南端にある山間の町の人々には、なんの関係もない小さな昆虫にみえたかも知れない。だが、その辺りがラテン文学の傑作「転身物語」の作者オウィディウスの生まれ故郷と聞いた私は、なにもかもを見とどけたくて、助手席の窓から目をこらしていた。さっき見た霧のなかの曲がりくねった木も、ひょっとしたらいずれかの神に転身を強いられた、どこかの哀れな老人だったのではないか。

あの山道の霧が、ギリシア神話の焼き直しにすぎないと過小評価されてきた「転身物語」の成りたちに紛れこんだのではないかと思うことがある。優雅な織り手だったアラクネがクモに変えられ、美少年アドニスが流す血は「黄色い泥水から透明な泡がたちのぼってくるように」ふくらんで、風の草アネモネに変わる。この物語詩がつたえる変容の数々に、読み手はほとんど自分自身の本性まで忘れそうになってはっとさせられるが、多くの場合が「死なせるよりはまし」という神々のとりなしによるというのも、どこかイタリア的な生への執着を思わせてなつかしい。

「転身物語」には思想がない、ともいわれるけれど、牡牛にさらわれて海を渡る美しいエウロパが、波しぶきがこわくて、ひょいと足をあげてよける、といった細部の人間っぽさ、なまめかしさは、たぶん、乾いたギリシア神話にはなかったはずだ。

## ホラティウス「その日を摘め」

知らずとよいことを、知ろうとするな。有名な「その日を摘め」の詩を、ホラティウスは、こんな一行で始めている。少々、道学者くさいところのあるホラティウス。知らなくていい、と彼がいうのは、これから先の運命だ。詩人はつづける。バビロンの星占いなど、信じるな。叱られているのは、若い女の子らしく名も出てくる。レウコノエ。白い、という意味らしい。現実にはあまり存在しなかった名だと聞いたことがある。ホメロスのオデュッセイアで英雄を荒海で助けた海の精の少女も、語尾は違うが、レウコテアで、たしか、波がしらの白さをほのめかす名だった。

ホラティウスは紀元前六五年、南イタリアに生まれた。オウィディウスとおなじように、山また山の、まるでイタリアの胎内といった地方からローマに出て、アテネにも留学した、きらきらのインテリだった。だが、この八行詩は、苦労したあと、隠棲してからの作品だ。

この詩の、最終行にあるふたつのことば「その日を摘め」carpe diem をはじめて読んだとき、ああ、かなわない、と私は息がつまった。いまはローマに帰ってしまった古典好きの友人が、carpe ということばを説明してくれた。これは、花を摘むみたいに、葉のあいだに見えかくれする実を、ぱっと摘みとるとか、そんな言葉なんだよ。ぐずぐずしてないで、さっと摘め、そんな感じだ。ぷちん。その瞬間、私は、花の茎が折れる、微かだがはじけるようなあの音を聞いた気がした。未来など頼みにせず、今日のこの日を摘みとれ。そう詩人は言う。でも彼の教訓よりもなによりも、あの carpe〔カルペ〕という、乾いた、それだけの、みじかい音に打たれるのは、私だけだろうか。

## フローベール「素朴な女」

「半世紀ものあいだ、オーバン夫人の家の女中フェリシテは、ポン・レヴェックの奥さんたちにとって羨望のまとだった」

物語の主人公は、地方の小都市の、つましい未亡人に仕えたフェリシテ。この名には《静かな幸福》のニュアンスがあるが、幼いときに両親を失い、やがてオーバン家にやとわれて彼女なりの《地位》を築きあげた女の一生の物語だ。作者自身の家にいた女性がモデルといわれ、客観的に冷静に観察した対象を文章に練りあげるという、作者の意図はみごとに達せられているが、行間から滲みでる対象への深い愛情がほのぼのとした読後感を残す、忘れられない作品だ。

「顔はやせていて、声はかん高い。二十五のときでも四十くらいに見えた」フェリシテは、恋人に去られ、息子同様に愛した船乗りの甥に死なれ、大切に育てた主家の娘のヴィルジニーに死なれ、かわいがったオウムのルルウも死んでしまう。やがて老いたオーバン夫人が死ぬと、フェリシテに残るのは、素朴なキリスト教の信仰だけだ。それにしても、彼女がしげしげと通う教会のガラス絵の、聖霊をかたどったハトが、剥製にしたオウムのルルウになんと似ていることか。「牧場から夏のにおいがただよってくる」初夏の祭りの日、フェリシテは臨終のあえぎのなかで、たしかに彼女を迎えに来てくれた聖霊を、いや、「大空に、一羽の大きなおうむが頭上を舞っているのを見たように思った」。

フロベールの意図は宗教への皮肉だったろうか。私には写実を超え、文章の力だけで文章をすっくと立ち上がらせた魔の瞬間が、この結びのオウムに凝集されてみえる。

## 谷崎潤一郎「猫と庄造と二人のおんな」

「あの人はリ、ーを玩具にしてゐるだけなので、ほんたうは私が好きなのである、あの人に取つて天にも地にも懸け換へのないのは私なのだから（……）」。庄造の妻福子は、大まじめでこんなふうに考えこんでしまうのだが、なんと恋がたきのリリーが猫、というのがこの作品の要《かなめ》。優柔不断で生活力がゼロ、「あほらしい男」の権化みたいな庄造自身が、リリーか妻か（あるいは母親か）と思い悩まされ、さては、すべてを仕掛けた先妻でしっかり者の（そのため離縁に追いこまれたのだが）品子の勝利かと思うと、これまた勝手気ままなリリーに振りまわされたあげく、かつての彼女には考えられなかった優しい思いやりの心を芽生えさせたり。

もともと、庄造というパロディーの原型は「春琴抄」の佐助、「蘆刈」の芹橋の父でもあったはずで、男の恋の哀れさが、猫が相手で存分に描かれる。愛するものたちの疑心暗鬼は、レズビアンの愛の葛藤を描いた「卍《まんじ》」でも試みられたテーマだが、ここでは一角に猫を据えることで、みごとな抽象性を獲得している。完結した室内楽を思わせ、谷崎にはめずらしい軽さが味わえる作品だ。

なかでも庄造がこっそりリリーに会いに行く自転車の「ひとり道行」は圧巻。「（……）つい業平橋を渡つて、ハンドルを神戸の方へ向けた。まだ五時少し前頃であつたが、一直線につゞいてゐる国道の向うに、早くも晩秋の太陽が沈みかけてゐて、（……）人だの車だのがみんな半面に紅い色を浴びて、恐ろしく長い影を曳きながら通る」

大震災で破壊された谷崎ゆかりでもある地名のひとつひとつを、胸のなかでゆっくりなぞりながら、読んだ。

ペトラルカ「カンツォニエーレ」

歌集、とでも訳せばよいのか。ラテン語の大家・思索家として知られていたペトラルカが「断片」とことわって残した詩集だが、西欧の抒情詩人たちがこぞって模範とした。ソネットにカンツォーネ、マドリガルなどを加え、既存の詩形を駆使し、ラウラという（架空の）女性を中心にすえた三六六篇の詩は、中世の恋愛のレトリックどおり、出会いから死、そして過ぎ去った時の回想という順に編集されて、希有な時空間をつくりあげている。

訳そうとすると、はらはらと言葉はしおれ、構築が意味を失う。言葉の組み合わせだけで《造りあげる》というのはすべての抒情詩につうじるが、ペトラルカの場合はあえて試す気をなくすほど、ひとつひとつの語が他とひびきあい、支えあっていて、比類ない建造物を思わせる。詩行にうねりをもたせる韻律のヴァリエーションがすばらしい。失われた定形詩の楽園か。

有名な一二六番のカンツォーネ。ラウラが「うつくしい手足をひたしていた」流れは「澄んだ、つめたい、甘美な」と形容されるが、冒頭にたたみかけるように置かれた chiare fresche（キアーレ・フレスケ）という硬音がすぐあとに来る dolci（ドルチ）という（英語の sweet にあたる）語の意味と音にまつわる《濁り》を抑え、この詩行を不滅にする。乾いた初夏のプロヴァンスの山あい、咲きほこる花はラウラの金色の髪にもたえまなく降りそそいで、シエナ派画家の華麗な受胎告知を彷彿させる。

また《わが船は過ぎゆく、忘却を乗せ、荒海を》に始まる一八九番のソネット。詩人は雨と霧に被われた《波間に死にたえた理性と技《アルテ》》を嘆くが、この二つが彼の《甘美な》詩の基盤であったことは、当然とはいえ衝撃的。

## 世阿弥「融」

旅の僧が東国から都に来て、六条の河原に源融《とおる》の邸の跡をたずねる。河原の左大臣とも呼ばれた風流人の融は、歌に伝え聞いた東北の塩竈《しおがま》の風景をそっくり庭園に写させて、朝夕、塩を焼く煙を絶やさなかった。

舞台から目をはなさないよう気をつけながら、私は、となりの席にいる日本語を知らない夫のために、手にした「融」のテキストを小声でイタリア語に訳していった。三十年とちょっとまえ、結婚してまもなくふたりで日本を訪れたときのことで、父が知己にたのんで切符を手配してくれた。訳しながら、私は、はじめて《読む》能を、自分なりに理解し、自分なりに堪能していた。

いまは荒廃に帰した六条河原の邸跡で、僧は夢幻能の定石どおり、潮汲みの老人、じつは融の霊に出会う。「秋は半ば、身はすでに老い重なりて、諸白髪《もろしらが》」。まぶしいほどの秋の満月が古い記憶のなかの風景を皓々《こうこう》と照らしている。ふたりにとってはまだ抽象でしかなかった、老いについての詠嘆を、失われた場所への恋慕の言葉を訳しながら、私は、たしかな感動を夫の横顔に読みとっていた。あら昔恋しや、と身をもむような地の声に励まされて、現実の荒廃に落胆した融の霊は、そのむかし愛《め》でた京の名所を数えあげる。

「融」を読み返すたびに、私はあのしずかで満ち足りていた午後の時間を思い浮かべる。融の庭園が荒廃に帰したように、あのとき私のたどたどしい訳に耳をかたむけてくれた夫は、四十一歳であっけなく他界した。「忘れて年を経しものを、またいにしへに返る波の」。

融はつぶやくと遠い記憶にさそわれるように、あでやかな結びの舞に入る。

# 松山さんの歩幅

松山巖『百年の棲家』

あっ、路地に馬が入ってきた、と松山さんが愛宕山の麓でびっくりしていたころ、私は渋谷で女子大生をしていて、ドイツのボイロン大修道院から来たヒルデブラント・フォン・ヤイゼルという、ひどく立派な名前の神父さんが教えるヨーロッパの教会建築史という講義に熱をあげていた。宣教師というのは、たいてい、派遣されてやってきた国が好きになるものだけれど、あるいは、すくなくとも好きであるふりをして、ときには日本つうぶってみせたりする人もいるけれど、この人は、日本が好きでもなく、そうであるようなふりもしないので、それが無礼だ、と思う人たちと、ありのままのヨーロッパ人が、どんなふうにものを見ているかがわかっておもしろい、と考える学生とにクラスが分かれていた。

ある日、どういうきっかけだったか、彼は、自分がもといたボイロンの大修道院の建物の天井がどれほど高いかということを私たちに理解させようとして、躍起になっていた。そして、戦後、アメリカからの寄付やらバザーやらで、やっとこさ新築なった教室の天井を見上げて、もう我慢できない、というように声をはりあげると、こう叫んだ。こんなちっぽけな、こんな思想のない建物で暮らしていたら、きみたちはこれっぽっちの人間になるぞ。建物が人間を造るということを、よくおぼえておきなさい。

名前だけでなく、体格も立派だったフォン・ヤイゼル神父がそういったので、一瞬、私はまるで神様にどやされたみたいに、恐縮した。とくに、《思想のない建物》という表現には、かなり動揺した。じつをいうと、その時点でこのことばをちゃんと理解したとはいえないのだが、わからない分だけ、すごいことのように思えた。そして、考えた。じぶんも、思想のある建物みたいな人間になりたい。

そのときから、こんどは、いっきに三十年ちかく経ってからの話だ。ヒルデブラントさんの叫んでいた《思想のある建物》を自分の目で確かめたいと、大学を出て渡欧し、前後あわせて十五年あまりをフランスとイタリアで過ごしたあと、私が東京に帰ってきたのは、中年、といわれる年齢になってからのことだった。

そのころ、一年に一度ぐらいの割合だが、突然、という感じで東京にやってくるミラノの友人がいた。彼は、仕事で日本に来ていたのだが、行くぞ、といわないで、いきなり、東京に来ている、と電話をかけてくるので、いつもびっくりさせられた。普通、双方の仕事が済んだ時間に会って、かんたんな食事をしながら、ミラノの共通の友人たちの動向をたずねたり、彼の仕事の話を聞いたりして、たのしい時間を過ごしたが、あるとき、その友人を、家に招くことにした。六十平米あるかないかの共同住宅だけれど、ひとり暮らしの自分としては、まあ満足できる容れ物と思っていた。

ああ、いい仮住いだねえ、と彼は入ってくるなり、私がやっとローンを払い終えた部屋を眺めまわしていった。Pied à terre ピエダテールという、彼がそのとき使ったことばを辞書でひくと、仮住い、なのである。ふつう、《ほんとうの家》が田舎なんかにあって、都会で一時的に小さな部屋を借りる、そんな住居のことをこう呼ぶのだが、友人がねぎらうつもりで使ったそのことばに私は、内心しょんぼりして、ミラノにいたころ借りていた、私が生まれた年に建ったという、質素だけれど、厚ぼったい建築のアパートメントを思い出したりした。どの部屋のドアにも、エンジニアだった家主さんのお父さんがホビーで描いた、アールヌヴォーふうのガラス絵がついていて、住んでいるうちから、なつかしいような家だった。

明治維新このかたの百三十年ちかくを、私たちは、なにかにつけ不本意に生きてきた。日常生活の面でも、思想や哲学の分野でも、西洋と東洋の谷間に墜落したまま、あっちでもない、こっちでもないと道に迷いながら、息をきらせ、青い顔をして歩いてきたように思える。いや、都市計画や建築に関するかぎり、現在もまだ迷いつづけ、ひどい息切れから解放されないでいる。その間、建物も道路も、どうすれば、より《大きな富》にたどりつくか、より《便利な》道路を造るかという考え（といっても、欲望、にすぎないから思想とはいえない）にとりつかれた人たちの手で、かなり一方的に計画が進行し、実行に移された。その結果、ほんとうはなにより大切なはずの、都市、あるいは街路の在りようについての思想を探求することも、また、そこに棲む人間がほんとうはどのように自分たちをとりまく環境と関係すればよいかについてじっくり考えることも、すべて後まわしにしてきた。役にたつ、あるいは便利なものだけが求められた結果、多くの建物と街の眺めが破壊され、そこに棲む人たちの心が踏みにじられ、そのために健康までが蝕まれているいま、私たち日本の大都会に暮らす人間の多くは、愕然として、《こんなことになってしまった》この街を眺めている。

縦横に張りめぐらされた電線が残りすくない青空を（ときには、悪魔が夜、黒い翼をいっぱいに広げて舞い降り、遊び半分に電線をもつれさせていったのではないかと思えてしまうほど）傍若無人な縞もようで切り刻み、施政者たちが住宅と名づけるものの周囲には子供たちが走りまわれる空間がまったく不在でも、普請中だ、過渡期なんだから、と私たちは我慢を強いられ、我慢してきた。走れ、といわれて夢中で走った私たちは、ふたたび崖っぷちに立たされて、もしかしたら自分自身が落ちるしかない底知れない奈落を眺めているような気もする。思想どころか、代用品でしかない《仮住い》を、究極の棲家と信じこんでしまっているふしもある。松山さんは書いている。

「過渡期に生じた生活のズレは現在まで何らかの痕跡を少なからず残しているのではない

だろうか。ズレが分らないのは現在では当り前として気づかぬからではあるまいか」

ちょっと気をゆるしているうちに、私も、ズレを当り前みたいに思いこむことに慣らされていたのかもしれない。

また、ズレということばは、私にあることを思い出させる。じぶんでこなせる以上の量の仕事をうっかり引き受けてしまって、期日までに完成するメドがつかなくてあせっているようなとき、夜、寝つこうとしていて、ほんの一瞬なのだが、気味のわるい、ひどく奇妙な感覚に襲われることがある。からだが、ずるずるとふとんのなかで滑るような気がするのだ。カラダだけが滑って、どこかに落ちていく感じだから、ズレないであとに残され、アワを食っているのは、たぶん、タマシイなのだろう。寝つきがいいから、その感覚はあっというまに睡眠にとって代わられるのだが、もしかしたら、あれは、松山さんのいうズレと、どこかで深くつながっているのではないか。ちゃんと、ものを考えて仕事を計画しないから、ああいった怪獣の餌食になってしまうのだ。

松山さんの本を読んでいると、ひとりひとりの人間にふさわしい歩幅、ということばがあたまに浮かぶ。明治からずっと、私たちが慢性の病気みたいに背負いこんでしまった生活のズレをふせぐには、なにをするに当たっても、人それぞれの歩幅を、大切なものさしのように、しっかりと心の底に沈めておかなければいけないのではないか。それなのに私たちは、国民の歩幅だとか、ひどいときには都民の歩幅などという、らんぼうで納得のいかない歩幅で歩かせられてきた。いや、歩いてきた。戦後しばらくのころのある夏の日、大手町近辺の道路を横断していて、どうしてもふつうの歩幅では、信号が赤になるまえに渡りきれないことに、びっくりし、ふんがいしたことがあったのが、はっきりと記憶にある。だけど、あれはほんの始まり、ほんのエピソードでしかなかったのだ。

赤ちゃけたトタン板が、吹きつける風にガラガラと大きな音を立てていた麻布五之橋から芝白金につづく焼け跡の、むかし道路だったあとをなぞっただけの、細く不規則に曲がった道を、十六歳だった私は、教科書や辞書を入れた手提袋を手に、昭和二十年の九月から十二月までの毎日を、空腹と寝不足ですこしふらつく足取りで、授業が再開されたばかりの専門学校に通った。十二月まで、というのは、翌年の一月から、ようやく学寮に空席ができて寮生になることができたからなのだが、そのころ、居候みたいにして泊まっていた麻布の家から学校まで、歩いてたった二十分ほどの距離なのに、空腹な分だけ、本を入れた袋が重くて道が遠く感じられ、子供のときから慣れていたはずの東京の空っ風も、戦前、この街に棲んでいたころにくらべて、ずっとつめたく肌を刺した。

そのころ、やがて自分が家をもつだろう、という考えにはとても到らなかったし、民主主義教育も受けていなかったから、都市の在りようについて自分も口を挟む権利と義務があるということも、はっきりとした自覚をもたなかった。でも、将来というようなものをこころに描くとき、この焼け跡よりはずっとましなもの、あかるい状況になるだろう、と想像していたのはたしかだ。

フォン・ヤイゼル神父は私が日本に帰って数年後に亡くなったが、たとえば電車の窓から雑然とした街並を眺めていて、よくひびく彼の声が東京の空にとどろきわたるような気のすることがある。こんな思想のない建物ばかりの街に暮らしていたら、きみたちはこれっぽっちの人間になってしまうぞ。

（ちくま学芸文庫）

# 小説のイタリア的背景について

## マーク・ヘルプリン『兵士アレッサンドロ・ジュリアーニ』上・下

　ずいぶん、よく調べたものだというのが、この小説の最初の数章を読んでの感想だった。これを書くにあたって作者が行なったに違いない、いかにもアメリカ人らしい、周到で厖大な歴史的調査は驚嘆に値する。イタリアの一兵士（ほんとうをいうと、アレッサンドロ・ジュリアーニは、けっして《一》兵士といえるような人物ではないのだけれど）が、どのように第一次世界大戦にかかわったかという、小説の大胆で魅力的な設定にも私はかなり驚かされた。

　だが、いまここで私が取り組もうとしているのは、ヘルプリンの文学を真正面から論じることでも、これを一方的に讃美することでもなくて、もっと単純な《説明》にとどまるはずである。イタリアの現代史については、いや、ルネッサンスの絵画史についても、人名の他はなにも学校で習わなかったと考える、あるいは習っても忘れてしまった平均的な日本の読者のために、この小説のイタリア的背景について、二、三、気づいたことを書いてみようと思った、ただそれだけにすぎない。

まず、ライトモチーフのように使われている、ひとつの絵画について。十六世紀、おもにヴェネツィアで活躍し、三十代半ばにペストの流行で夭逝した画家ジョルジョーネの傑作《あらし》《ラ・テンペスタ》は、風景そのものを主題として描いたヨーロッパ絵画の嚆矢ともいわれ、ほとんど内面に凝集された力が、この絵のまえに立つ人々を怪しい感動に誘いこむのだが、それと同時に、正体のはっきりしない、あるわだかまりのようなものが滓のように心に残る、ふしぎな作品でもある。もともと貴族の注文で描かれたものだが、現在はヴェネツィアのアカデミア美術館で見ることができる。

遠近法で狭まってみえる画面の奥のほうには、まだ蒼さの残るなかに雨雲の湧きかえる空があって、稲妻が、白い牙を剝いた野獣のようにあやしい閃光を放っている。空の下には穹窿や鐘楼や城門など、おそらく土地の人には一瞥しただけでどれと判別できるにちがいない、さほど大きくはない町の一郭が、これも白々とした光に照らされて、あらしを待っている。だが、これらの構築物を、単なる遠景と決めてしまうには輪郭が鮮明すぎるし、迷った視線を画面の幾何学的な中心に向けると、そこにあるのは、手すりのない木橋が架かった、運河だろうか、これも空の蒼さを映した水面だけなのである。その空間がこの絵ぜんたいに、どこか投げやりで空虚な印象をさえ与えるのだが、通りすぎようとして、ふとなにかが心にひっかかって、また立ち止まる、そんな絵だ。

近景には人物が三人。右手の茂みを背にした草のうえでは、ほとんど裸体に近いふくよかなブロンドの女が、これもまるまるとふとった赤ん坊にお乳を飲ませている。女の視線は、放心したようでもあり、じっと画家を見つめているようでもある。肉づきのいいその女の肩から腰にかかった光沢のある白い布が、どこかアトリエで画家のためにポーズをとる女性を思わせるのも奇妙だが、左手の一段ひくいところに描かれた兵士の暗い表情が、この絵の解釈を試みるものを、ほとんど絶望に追い込む。そばには、古代の遺跡を模した大理石のオブジェ状の柱があり、右手の女の白い肌や金色の髪とは対照的に、兵士の肌は浅黒く、髪も黒くちぢれていて、胸半分の長さしかない赤い上着をつけ、槍だろうか、長い棒のようなものに軽くからだの重心をあずけて、女と赤ん坊をじっと見ている。いや、画面には描かれない敵から、人知れずふたりを護ろうとしているようにもみえる。

この作品ぜんたいが、そして、素性のはっきりしないこれらの人物群が、いったいなにをあらわしているのかについては、数世紀にわたって美術史家たちが議論をたたかわせてきた。現在まだ、どの説も推測の域を出ていないという。

＊

一見、現代のアメリカ小説とは関係のなさそうなイタリア・ルネッサンスの画家の絵についてここでながながと書いたのは、いうまでもなく、これが、第一次世界大戦に従軍した一兵士の物語である『兵士アレッサンドロ・ジュリアーニ』の見え隠れする軸として使われているからだ。さらにいうと、紆余曲折にみちたこの物語の軸としてだけではなく、美術史家たちが問いつづけたこの絵をめぐるいくつかの謎を、ヘルプリンがこの「小説」のジャンルについての秘密にからませているようにもみえる。じっさい、話の運び方は、たとえばホメロスの「オデュッセイア」などをときに想起させるように叙事詩的であり、大時代的なところさえあるのだが、ジョルジョーネの絵と同様、この作品にも、作者の意図的な虚構が、あちこちに隠されているように私には思える。そのもっとも顕著な例が、主人公の父親の法律事務所ではたらく、ときにはデフォルメが過剰かと惜しまれる人物オルフェオ、あるいはオーストリア軍をひきい、主人公の命をたすけるシュトラスニツキー将軍にみられる。

私がこのような結論をもてあそぶ理由は、最近読んだ、あるジョルジョーネの絵画論のせいだ。イタリア・ルネッサンス絵画史の研究に長年たずさわって、高い評価を受けている著者の森田義之氏はそのなかで、世界における近年のジョルジョーネ研究の傾向として、つぎのような問いかけをしている。「問題は、この絵に何らかの物語的主題が表されているのか、あるいは伝統的主題は解体されて近代的なヴィジョンが誕生しているのか」（『カンヴァス世界の大画家9・ジョルジョーネ／ティツィアーノ』画家論・解説森田義之、中央公論社）

おもしろいことに、森田氏が《あらし》について投げかけるこれらの疑問は、私が、八百ページを超えるこの大冊を読み終えたとき頭をよぎった考えに、ほぼ重なりあうものだった。現実と幻想をないまぜにした『ウィンターズ・テイル』の作者が、はたして第一次世界大戦のイタリア戦線で数奇な運命に翻弄された一兵士の物語を《すなおな》（あるいはナイーヴな）リアリズムの手法で書くことなどあり得るだろうか。作者の意図が成功しているか失敗に終わったかは、読者の判断にまかせるにしても、私には、ヘルプリンが「伝統的主題」とジャンルを「解体」して、この小説のなかに「近代的なヴィジョン」を「誕生」させようとしているようにみえて仕方ない。それが、たぶん、この小説を単なる古風な冒険譚で終わらせることなく（ときには、晦渋あるいはアカデミズムに陥る危険を冒しながらも）、作品を究極的に単純な物語のレベルに落とすことから救っているのではないか。非凡な語り手によって書かれた、ときには伝統的な語りの納得性を犠牲にしてまでも、幻想を前面に押し出した（「通有的な〈物語《ストーリア》〉あるいは図像からの離脱」とおなじ本のなかで森田氏は書いている）、希有な作品といえるだろう。

*

第一次世界大戦をアルプス旅団の歩兵として、ヴェネト戦線（ヴェネトはヴェネツィア北方の地方の総称）で戦う一兵士の物語とこの小説を設定したことで、ヘルプリンは、イタリアの現代史のなかで、もっともロマンティックな選択をしたということができる。じじつ、第一次世界大戦は、戦争には付き物の離別、壊滅、死の苛酷さを考えても、（最終的にはイタリアに国境地帯の領土をもたらしたこともあって）まだどこか物語的な解釈の余地を残した最後の戦争だった。明治維新と二十数年の差で国家統一がなされたイタリアにとって、それは、人々がはじめて《愛国心》という言葉にめざめた戦争でもあった。

話が横にそれるが、イタリアの現代詩人で、アルプス兵ではないが、歩兵に志願して、それまで滞在していたフランスからこの地に送られたジュセッペ・ウンガレッティに、《川》という、たぶん彼の作品でもっともよく知られた詩がある。詩人は、激戦の合間にイソンツォ川で沐浴しながら、自分をはぐくみそだててくれたいくつかの川の名を数えあげ、それらひとつひとつから受けた恩恵に思いを馳せる。それまでフランスに《かぶれて》、マラルメやアポリネールのような詩を書くことだけを夢みていたウンガレッティが、ついに《自分らしい》詩に到達したのが、じつにこの戦線においてだったので、『兵士アレッサンドロ・ジュリアーニ』にもしばしば登場するイソンツォ川は、こんなふうにうたわれる。

「ここで私は、ついに宇宙の一部として自分を理解した」

エジプトに生まれ、フランス語とイタリア語で教育を受け、パリに留学するが頭脳的なフランスの象徴詩に浸ることもできなかったウンガレッティが、父母の国の軍隊に志願し、祖国の言葉に詩想をゆだねたのが、この戦線であった。

濃い緑の軍服に、おしゃれな緑の羽をななめにツンと立てたチロル帽というアルプス兵のいでたちは、兵役が義務であるイタリアの、とくに北イタリアの若い男女が伝統的にもっとも惹かれる軍隊を象徴している。平地戦を目標とする、したがって隊列を組んで、グループ行動の理論にもとづくふつうの歩兵とは異って、アルプスの山襞を縫って行なわれる山岳戦には個人の能力や機転のきく素質が肝要だから、個人プレーがなによりも得意なイタリア人にとっては、もっともよく似合う軍隊のかたちということもできる。そのうえ、スキーと山登りが堪能でなければならないから、アルプス兵士に選ばれることは、若者たちにとって名誉でさえあるのだ。今世紀になって二つの苦しい戦争を経た現在でさえ、とくにオーストリア国境に近い村や町の青年会などでリーダーをつとめる人の多くが、もとアルプス兵である事実からも、このことは理解できる。ローマ時代のハンニバルの例からもわかるとおり、中世のアラブ人たちをのぞくと、ほとんどすべての《敵軍》がアルプスを越えて攻めてきた。そんなイタリアにとって、この地方の守備にたずさわる軍隊の重要性は明白だった。第一次世界大戦で六十万人の犠牲者を出したといわれるイタリア軍の最先鋒に、いつもこのけなげなアルプス兵の姿があったことを、国民は忘れていない。

山登りが趣味という著者ヘルプリンがヴェネト地方の山を跋渉するうちに土地の人たちから聞いた、アルプス狙撃兵たちの熾烈で悲惨な山岳戦の昔話に、アメリカ人らしく興奮したことは想像に難くない。大学時代に歴史を専攻したという作者らしく、時代の裏づけは正確で納得もゆく。もっとも、小説の主人公でローマの裕福な弁護士の息子であるアレッサンドロ・ジュリアーニ（この名にギリシアのアレクサンドロス大王とジュリアス・シーザー〔イタリア語ではジュリオ・チェザレ〕のひびきを認めるのは考えすぎだろうか）が、じっさいにはほとんどが北イタリアの農民で構成されていた当時のアルプス師団の一兵士として描かれる経緯のように、とくにイタリアをよく知るものには少々唐突あるいは乱暴と思われる設定があることなどまったく気にしないで、絶妙な語りのうまさとファンタジーで読者をぐいぐいひっぱっていくヘルプリンのエネルギーには、ただ感心するばかりだ。

（中川美和子訳、河出書房新社）

# 『小説の羅針盤』を読む

森鷗外から前衛的なアメリカの小説『V.』の作者トマス・ピンチョン、さらに山田詠美までを縦横に論じた、いかにも池澤夏樹らしい爽やかな文芸評論集である。個々の作家を論じる文章のそのひとつひとつが、同時に、切れ味のよい小説論になっていることも見逃せない。

十日ほどのイタリアへの旅に出る朝、私は、ひと月あまりの期間につぎつぎと送られてきた何冊かの（おなじ著者の！）本の中からこれを選んで、機内用のバッグに納めた。昨年来、大陸から島へ、島と思えばまた別の大陸へと、季節のない渡り鳥みたいに移動をつづけているこの著者の本を旅で読むのもわるくないし、この人の、こういった本を読みたかったという、めぐりあいの歓びが、だれにも邪魔されない旅行中の読書にはぴったりと思えた。

暗い機内で読みすすむにつれて、私はあることに気づいた。池澤夏樹の文学論の魅力が、彼の個性的で闊達な作品へのアプローチによるものであることはまちがいないのだが、さらにこの本が現代日本の文化論としても愉しめるという事実だ。たとえば中島敦について、著者はこんなふうに書く。「彼は知識人として作家になることを目指した人だったのだ。

これはなかなかむずかしいことであり、近代の日本では特にむずかしい。大正時代のある時期から後、日本の作家たちはみんな知識人であることをやめてしまった」（これはなにも作家にかぎったことではない）。また日野啓三論は、「人間同士のなれあいで何かができるとは思うまい。今はもうそういう時代ではない」という文章で結ばれる。すなわち、著者の目はたえず、この国と世界の文化の状況全般を、《文学に託して》気にしている。

異国で供された豪奢な晩餐に著者が打つ舌つづみが伝わってくる『アレキサンドリア四部作』のローレンス・ダレル論は、「都市と恋情」という副題からも推察できるように、作品の《鍵》をアレキサンドリアという都市そのものにつきとめていて新鮮だ。また、卓抜した現代文化論とも読めるピンチョンの『V.』を論じて、作者の「世界再構築の意図、臆面もなきデミウルゴスの姿勢」を示唆し、それは「世界が終ってしまった後で、その破片を拾って並べるという終末論的な姿勢」なのだと分析する。外国の作家・作品論がとくに光を放っているのは、逆に、この国での外国文学の理解の恒久的な貧困をあらわす指標かもしれない。

つねに読者を意識して語りかけ、ゆっくりと論をすすめてゆく彼の文体は（それは、彼の都会人らしい自意識にも支えられているのだが）、読者の警戒心を解き、論旨にすんなりと耳を傾けさせる効果につながっている。キルケゴールを論じていて、著者はこんな提案をして、読者を安心させる。「言ってみれば彼の文体は宝石を含んだ母岩のようなものだから、まずはその宝石に目をとめるのがいい。そうして、その宝石の一つ一つのありかを覚え、それを測量のために何か所かに打った杭のように利用して全体の構図を見てとってから元に戻ってもう一度読むと、前にわかりにくかったことがずいぶん明快に見えてくる」。おなじキルケゴールの「無限性の絶望」「有限性の絶望」という概念については、「こういう表現がそのまま理解できなければ、それはひとまず措いて先へ進んでもいい」と。大事なのは、そこであきらめてしまわないことだ、そう読者をはげます著者の話法にも、社会からも家族からも強要されないまま、いまだ自己の確立を手に入れていない今日の多くの若者たちを惹きつける秘密が存するのは確かだ。

このところめずらしく充実した読書となったこの本を読み終えたのは、時差のなおらない二日後の早朝で、明けきらない空を背に、国境のブレンタ山塊の頂きが連なり、降ったばかりの五月の雪が青く光っていた。

（新潮社）

# Ⅲ　読書日記

# 『一期一会・さくらの花』『オニチャ』『錬金術師通り』

なにかと生きることに不器用な独り者の姉が、裕福な地方の家にとついだ腹違いの妹が癌にかかって死ぬまでの日々をこまごまと綴った網野菊の「さくらの花」が、この夏、他の作品といっしょに文庫で出版され、それを快挙と祝福した記事を新聞で読んだ。私がはじめてこの作品に接したのは、一九六二年の「婦人公論」五月号の誌上で、三部にわかれたうちの冒頭の一部だけが第一回女流文学賞受賞作品として掲載されていたのを、イタリアで結婚してまもない私に、東京から友人が送ってくれたのだった。それから何度も引越したのに、表紙が少々しわしわになりながらも、ふしぎと紛失しないでずっと私の本棚にある。

選集などで読み返す機会もなくて、三十年経過したいま、はじめて全体に接したわけだが、いよいよ切羽つまった病状の妹を見舞って、暗い気持で「うちひしがれて」都電に乗って帰るところで終わっている第一部だけでも、哀しみの余韻はしっかり読み手に伝わってきて、私にはじゅうぶん印象が深い。そのためか、こんど出会った《白い菊》、《野辺おくり》という第二、第三部は、なんだか蛇足みたいに思えてしまう。いや、こういうふうに、こまごまとぜんぶを書いてしまうのが、網野菊という作家の方法なのだろう。

作風にしても、文章の運びにしても、自分からはまったく遠く思えるこの中篇をひどく身近なものみたいに読んだのは、いったいどういうことだったのか。伊豆で宿屋をやっている婚家から送られてきた桜の花のみごとな枝が大きな花瓶に活けられて病人の枕もとをほんのりと明るませている情景が、網野菊らしくただ淡々と描かれているのだが、らんまんと咲きほこる桜が、手あつい看護を受けて死んでいく妹とタクシー代も惜しんで生きている姉の話に思いがけない花をそえていて、すばらしいものに思えた。もうひとつ、死の予感におののく妹がそれを言い表わせないまま、姉にあたりちらす、それがなんとも哀れだった。

「古今集」の春の巻に、やはり大きな花瓶に活けた桜の大枝をまえにして詠んだ歌がある。前太政大臣藤原良房という清和天皇の外祖父にあたる人の作で、いまをさかりと咲きほこる桜のむこう側にいるのは、こんどは病人ではなくて、皇子を生み后《きさき》の座についた作者の娘明子だ。そこまで背景がわかってみると、政治とか策謀とかが想像されてなまぐさい風が桜の枝を吹きぬけるが、年ふればよはひは老いぬしかはあれど花をし見ればもの思ひもなし、という良房のどこか常套的でそれほど秀でているようには見えない歌ではあっても、それなりに老いの風景を映し出していて哀れだし、おとろえはじめた老人のまえに活けられた満開の桜のむこうの、あでやかにういういしい皇后、という図柄もわるくない。

ル・クレジオの『オニチャ』。変わったひびきをもつタイトルの意味がわからないままこの本を買ってきたのは、以前から気になっていた著者にひかれてのことである。家に持って帰ったのは夏のはじめだったのに、手にとることができたのは、もう秋。読みたいと思いながら、手にとるまでにも到らない本がほかにもたくさんあって、それがどんどん増えていく。

＊

オニチャは地名だった。《長い旅》と題された第一部から、南フランスでおばあさんにかわいがられて育った少年フィンタンが、マウ、とまるでともだちみたいに愛称で呼ぶ美しい母親といっしょに、オニチャで待っている父親のところに旅をしている。

母親はイタリアの名をもったフランス人、父親はイギリス人、オニチャは西アフリカ、ナイジェリアの町だし、少年と母親が乗っているのはオランダの船。近年、ヨーロッパではこういった多国籍的な背景の小説がよく書かれるようだ。

ふたりが旅をしている部屋には窓がない。一等船室の切符を買うだけのお金がないからだ。それでも、マウは若くてきれいだからオランダ人の船員たちに大切にされているし（そのあたりの描写がしゃれていて、いかにも「フランス」らしい）、フィンタンは少年だから、船のなかを自由に歩きまわれる。

そしてなによりも、すべてが少年の目を通して描かれているため、作者はつねに作品を硬質な光のなかに保ちおおせていて、陰湿さをまぬがれている。そんなところがル・クレジオという作家の根本的な魅力なのだろう。《多感な少年と美しい母》というどこか母子相姦的な匂いのする危ない組み合わせなのに、幻想的な、それでいて乾いた語りがこころよいし、読みすすむにつれて話は深い方向にむかっていく。訳文もなかなかいい。

オニチャに着いたフィンタンは、靴を棄て、ハダシになって土着のイボ族の少年たちとまじわり、《神秘にみちた》アフリカの大地に魅せられていくのだが、それは彼がそのなかで育った、人間に馴らされたプロヴァンスの自然からはほど遠いものだ。彼の記憶にほとんど形跡をとどめていなかったイギリス人の父親ジョフロワは、ナイジェリアの古代史の研究に没頭していて、神話めいたまぼろしの過去を追っている。

アフリカに来るまでは、祖母と母親だけの世界しか知らなかったフィンタン少年にとって、男たちのいる世界との出会いは強烈で刺激的で、夜も家に帰るのを忘れるほどだ。そのいっぽう、同時に母親のすがたがどんどん視界から遠ざかっていくのに、とまどいを感じ、やっぱりプロヴァンスにいたときのほうがよかったのかもしれないと思うこともある。『オニチャ』は、でも、こんなふうに少年が成人していく過程をものがたるだけの小説ではないだろう。というのも、ヨーロッパの人たちがギリシアやローマから受けついだ、いわゆる「西欧的」な生き方だけに頼っていてはもうやっていけないと感じはじめていて、その危機感が、物語の背後にわだかまっているのが、この小説の深みだ。ナイジェリアの土地の古代史や神話があちこちに織りこまれているのも、こんな精神の傾向を暗示しているようだ。灼熱の太陽やゆっくりと流れるニジェール河に象徴される《自然》が、まだつよく息づいているアフリカ大陸への思慕のひとつのかたち。

　フィンタンという少年の年頃のように、どこかひ弱さのある小説ではあるけれど、そのひ弱さが一種の透明感を生んでいて魅力的な作品だ。

*

　ソヴィエト連邦の崩壊以来、東欧の文学作品がつぎつぎに紹介されはじめた。この国々の人たちは、いったいに語学の才能があるといわれている。十九歳だったかでイギリスに渡り、英語ですばらしい小説を書いてイギリス文学史に残ったコンラッドもポーランド生まれだったし、四十年もまえに私がパリ大学で勉強していたころ同級生だった、これも、ポーランド人の女子学生は、クラスのだれよりもりっぱなフランス語を書くといって、いつも先生がほめた。

　池内紀の『錬金術師通り　五つの都市をめぐる短篇集』という短篇集には、ウィーンを皮きりに、東欧の都市の物語が五篇まとめられている。あたらしいかたちの旅行記としても読めておもしろい。

ウィーン、ブラティスラヴァ、クラクフ、プラハ、そしてリュブリアーナ。このなかのいくつの都市の名を、私たちは知っているだろうか。

一種の文学散歩とはいっても、今日はカフカのあとをたずねて、どこどこへ行きました、などという野暮を、才気あふれる池内さんはいわないで、すべてを幻想にあふれた小説仕立てにして、読者をたっぷり愉しませてくれる。

たとえば、ある朝、目がさめてみたら昆虫に変身していたあのかわいそうなザムザの作者カフカが少年時代を過ごした、プラハの旧ユダヤ人地区ゲットーを訪れる話がある。《私》は出発前に東京でディマントと名乗る男から、手紙をもらっていた。こちらにおいでの節はぜひお立ち寄りください。差出人をプラハのフランツ・カフカ資料室にたずねると、赤ら顔のその男は、ほんとうをいうと自分はカフカの遺児だと奇怪な話をする。結核に冒され、四十一歳の人生をウィーン郊外のサナトリウムで閉じたカフカに子供はなかったはずなのに。

地下牢とカフカ自身が形容した「細い通りが迷路のように入り組んでいる」旧ユダヤ人地区を《私》は訪れ、カフカのことばを思い出す。

「私たちの内部には、あいかわらず暗い場末が生きています。いわくありげな通路が、盲《めし》いた窓が、不潔な中庭が、騒々しい居酒屋が、陰にこもった宿が——」

そこまで読んで、私は数年まえ、友人と歩いていてふと迷いこんでしまったローマのゲットーを思い出した。霧のような雨が足もとのわるい石畳を濡らす暗い夜だったせいか、「嘆きのサンタ・マリア」という教会の名がぴったりの、ここでも迷路のような細い通りから通りを歩いていて、とめどなく気持が沈んでいった。

「陰気な壁のような建物がつづく。どの窓も小さい。部屋はきっと昼間でも暗室のように暗いのだろう」

池内さんのこんな文章を読んでいて、自分が行ったことのない東欧の都市のどこか魔法じみた暗さのなかを、空想の手さぐりではあるけれど、まるで自分が歩いた気分になった。名所旧跡への訪問をちりばめた絵はがき式の旅行記にあきあきしている読者は、それぞれの土地にゆかりある作家や芸術家の生涯をたどり、彼らがのこした作品を通して、まるで錬金術師のように、夢のような都市の道から道へと案内されて、いい気持になる。

『一期一会・さくらの花』講談社文芸文庫
『オニチャ』望月芳郎訳、新潮社
『錬金術師通り　五つの都市をめぐる短篇集』文藝春秋

## 『コラージュ』『カラヴァッジオ』『寂しい声』

アナイス・ニンの小説『コラージュ』を読んだ。六冊の『日記』の著者であるこの作家の小説を読むのはこれがはじめて。

スペイン人の音楽家を父に一九〇三年にパリで生まれたニンは、九歳のとき離婚した母親といっしょにニューヨークに移住し、以来アメリカに住んで七七年にロサンジェルスで死んでいる。有名な『日記』が出版されはじめた六〇年代の終わり近く、ミラノの書店で見つけて、なにげなく読みはじめたのは、夫をなくしたあと、ひとり暮らしていたころだった。英語版だったように思う。書店というのは、目ぬき通りにある、メッサジェリエ・ムジカーリで、元来は楽譜や楽器を扱っている老舗だが、どういうわけか書籍部に英語の本を置いていた。二十数年まえのことで、英語の本が買える書店はミラノにはいくつもなかった。イタリア語だけの生活に息苦しくなると、飛行場に行って外国人の話すのを聞いたり、英語の本を探しに行ったりするのが、気晴らしだった。

私が読んだ『日記』は、作者がヘンリー・ミラーなどとつきあっていたころの第一部で（彼女の日記は六部にわたっている）、ニンがどういう人物なのか当時はまったく無知なま、華やかさにみちた彼女の孤独と自由な精神（おなじことかもしれない）がなんとも魅力的に思えて、ひたすら読みふけった（アナイス、という名のひびきも、さらにはニンという名字までが神秘的に思えた。スペインではよくある名なのだろうか）。

　さてこんど翻訳された『コラージュ』は、これまた『日記』同様、読者を酔わせる文学性のたかい作品である。「コラージュ」は《貼りあわせ》の意味で、もともとシュールレアリストの画家たちが考え出した、絵とは異質な手段、たとえば写真とか印刷物などを画面に貼りつけて作品をつくりあげていく手法で、この作品も長さがまちまちな二十の短篇という形式をいちおうはとりながら、そのまま《貼りあわせ》になっていて、望遠鏡と顕微鏡をつくる職人を父親にもつ、レナーテというウィーン生まれの女性をいろいろに変身させさせながら、ひとつの物語が展開する。

「レナーテは長い間、物の正しい大きさを知らなかった。彼女は縮小されたものか拡大されたものしか見たことがなかったのだ」

　導入部で出会うこんな文章で、作者は、歪んだ鏡に映すようにして、現実をさまざまに操作しながら、ふしぎな作品の世界に読者を誘い込む。

「はじめてウィーンにやって来たブルースが、レナーテの注意を惹いたのは、寝室の窓の外でレナーテに笑いかけている彫像の一つに、彼がよく似ていたからだった」

　こうして、ブルースの心を獲得しようと（理解しつくそうと）するレナーテの、世界のあらゆる国々にまたがる、色彩と狂気にみちた、長い恋の物語がはじまる。安物の「ウールワースの客用のタオル」さえ、まるで高貴な「ベルギー・レース」みたいに丁重に扱う、貴公子のような洗濯屋。彼はレナーテにも見覚えのある「ウィーンの公園の彫像の盾の紋章」がついた指輪をはめている。あるいは、若いころには海岸の救助隊員をしていたが、やがてアザラシの気持が察せられるようになって、海で死を迎えたいとねがう老人、さらに、彼女こそは自分たちが「何であるかを教えてくれることができるだろう」「彼女こそは羅針盤だ」と信じて、「レナーテ」とやさしい声で呼びつづける仮装した男女の群れ。アナイスが作中の女たちに履かせる「金いろのサンダル」のように、時空を超えて駆使される《貼りあわせ》の手法が、登場人物たちの奇想天外な物語を、おどろくほどの美しさの作品にしている。とくに空気のように軽い、光りかがやく女たちを描くとき、ニンの才能は冴えわたる。

言葉がほとんど絵画のようなものをもってきてくれる、画家がくれるような種類のなぐさめをもってきてくれる、画家がくれるような休息を書物にもらうことがある。そんなことを『コラージュ』はひさしぶりに思い出させてくれた。

＊

絵画といえば、ルネッサンスの端正な古典主義から抜け出て、十六世紀後半から十七世紀にかけて活躍した、ちょっとくせのある、マニエリストと呼ばれるイタリアの画家たちがいる。マニエーレ、たぶん、様式という意味のイタリア語が語源で、マンネリズムというすっかり日本語化した単語もこれから来ているといえば、もともと、褒め言葉ではなかったことがわかるだろう。ところが、最近になってこのどこか歪《ひず》んだような、あくの強いマニエリスムの絵画がもてはやされる傾向があって、多くの研究書や展覧会が目につく。ぞっこん、というのではないけれど、なにか気になってそのまま通りすぎることができない、私にとってはそんな興味のそそりかたをする画家たち、作品群なのである。

こんど岩波書店から出た画集『カラヴァッジオ　生涯と全作品』（解説　ミア・チノッティ）を求めたのは、二年まえの雨の日、彼の『聖マタイの召命』に出会ったときの感動をもういちど確かめたかったからだ。

あれがマニエリスム入門の機会になった。雨の日で、ローマの都心、パンテオンから遠くないところに、サン・ルイージ・デイ・フランチェージという教会の扉がめずらしく開いている時間に、私が通りかかったのだった。ローマ在住のフランス人がよく集まる教会で、付近にはフランス図書を扱っている書店や図書館もあって、留学生時代には、よくこの辺りを通ったのだが、この教会には入ったことがなかったし、カラヴァッジオという画家の傑作のひとつがそこにあることも知らなかった。

半分は雨やどりぐらいの気持で小さな扉をくぐり、観光客で人だかりがしている祭壇のわきにまっすぐ行った。二百リラ入れると、照明がつく仕掛けになっていて、その光のなかに、カラヴァッジオがつややかにあった。絵の右手にはやや様式化された（ミア・チノッティは「精神性のあらわな」と表現する）キリストがいて、左手にはこごんだ姿勢の収税人マタイが描かれている。キリストも、あいだに立つさわやかな表情の若者も光に包まれているのに、神に招かれているマタイ自身は、コインのころがった粗末な机にごつごつした汚らしい手をおいて、半身が陰影に被われている。そのゆがんだ手と表情と背景の暗さに私は感動したのだった。(※)リアリズムとしての陰影が、西欧の精神に忍びこんだ瞬間を自分の目が捉えたように思ったからでもある。

専門家向けに編まれたこの画集だが、残念なことに『聖マタイの召命』は部分しか入ってない。チノッティの解説はかなり学者っぽくて読むのに骨が折れたけれど、私にとって、マニエリスムの理解に一歩近づくことができたのは、大きなよろこびだった。

＊

たった一年だけ籍をおいた大学院だったが、三田の校庭で友人たちと立ち話をしていると、だれかが、あ、西脇さんだ、と息をつめるようにしてささやくことがあった。詩人が、あのかがやかしい詩行を書きとどめた詩人が、自分とおなじ地面を横切っていく、そう考えただけで、私は足がふるえた。

工藤美代子の『寂しい声　西脇順三郎の生涯』は、難解と思われて、たぶん多くの人に読まれることはない、しかし、詩語の透徹度からいっても、洗練された硬質なイメージの確かさからしても、比類ない存在であった詩人の生涯を、深い愛情をこめて綴った出色のバイオグラフィー。著者の父君が詩人と同郷で、親交があったことから、作者自身、なんどかその謦咳に接する機会があったらしく、それがこの温かさを醸し出しているのだろう。

著者も繰りかえし書いているが、西脇順三郎はほんとうに神話に満ちた、神話だらけの詩人だった。孤高という形容がぴったりといった、あのおしゃれな容姿にも、それらの神話は似合っていた。故郷の小千谷を毛ぎらいしているが、西脇銀行というのがあって、彼はそこの跡取りだから、途方もなく金持ちだ、慶應大学の卒業論文を彼はラテン語で書いた、オックスフォードに留学中、今世紀最大の詩人のひとりT・S・エリオットとおなじ詩誌に英語の詩を発表している……正確なものもあり、そうでないものもあるこれら神話のひとつひとつを、工藤は年代を追って、ていねいに考証していく。

冒頭、かなり個人的な詩人のイメージに接する読者はすこしはらはらするが、まもなく正調の伝記が緻密な考証をふまえて加速しはじめると、最初の不安はすっかり消えてしまう。詩人の構造がいわば「内部の人間」でない著者によって平明に解読されていることが、この本のたのもしい強みになっている。

やがて
黄色い麦畑
その上にかすかに見える
コバルトの海
車前草《おほばこ》の路
風車のまはる田舎で
鼈甲のやうな夏を
過した

これは、詩人がイギリス留学中に結婚し、やがて日本を離れていくマージョリー夫人と旅に出た時間を語った作品だが、著者は西脇とおなじように寡黙になり、詩を引用するだけで、彼の幸福度をつたえようとしている。

※編集部注　209ページの聖マタイの解釈については若干著者の誤認がみられますが、初出のままといたしました。詳しくは同著者の『トリエステの坂道』（みすず書房）の「ふるえる手」をご参照ください。

『コラージュ』木村淳子訳、鳥影社
『カラヴァッジオ　生涯と全作品』森田義之訳、岩波書店
『寂しい声　西脇順三郎の生涯』筑摩書房

# 『フェリーニを読む』『天皇の逝く国で』『詩は友人を数える方法』

　イタリア映画の巨匠フェリーニが昨年〔九三年〕の秋に死んだ。私は映画は好きだけれど、映画についての知識はあまりないし、俳優の名をよくおぼえているわけでもない。自分にとってほんとうに大切に思えるフェリーニの作品でも、繰り返し見たものもあるし、一度も見てないものもある。ぜひ見たいと思っていた映画でも、あまり人からそれについて話を聞くうちに、なんとなく厭きてしまって、見損ねることもある。

　でも、フェリーニは、そういった次元をこえて、偉大だった。訃報を新聞で読んだときは、ひどく淋しくなって、友人に電話をかけてしまった。それでなぐさめられるはずはないのだけれど。そして、その心細さは、いまもずっと続いている。イタリアの総選挙で右派勢力が圧勝したなどというニュースを聞くと、ますます、フェリーニがいてくれたら、と悲しみが深まる。それで、『フェリーニを読む　世界は豊饒な少年の記憶に充ちている』という題の、映画の写真がいっぱい入った本を渋谷の書店で見つけて、すっと買ってしまった。彼の作品の跡をたどって、自分を勇気づけたかった。

『道』は一九五〇年代の映画を代表する作品だ、と編者が書いているのを読んで、そうだったのか、とあらためて思う。はじめて見たのはパリの学生時代で、まだイタリア語の勉強は始めていなかったか、いたとしても、片言のていどだった。なんにしても、ただ圧倒された。あたまでばかり考えて考えて、精神がささくれだったようになっていたパリで、『道』は《存在の重さ》というようなことを考えさせてくれた。明晰であろうとするとき、自分も人も傷つけてしまうことが多いのだが、《存在》そのものは、ひたすら人をなぐさめる。自分は《存在する》といえる人間になりたい。フェリーニから、そんなメッセージが来たように思った。

七四年の『アマルコルド』は、ミラノでの長い生活を切りあげて日本に帰ってきて、まだまだ水面下にいたころに、見た。フェリーニ自身も（世の中も）『道』のころのせっぱつまった貧しさはなくなって、映画も、鷹揚に、ロマンチックに作られてあった。

イタリアはそのころ、学生運動がこじれて政治的にも暗い（現在とはまた違った意味で）時期だったが、フェリーニはその分だけ、幼かった日々の追憶にどっぷりひたっているかに見えた。ロマーニャ地方の方言といっしょに、北イタリア特有の冬の霧や夏の草いきれや枝のざわめきが匂ってきそうな画面に、日本に慣れることに身を細らせていた私は、溜息を押しころして見た。それでいて、フェリーニは、三〇年代、ファシズムに迎合した故郷の人たちをしっかりと嗤うことを忘れていない。

戦後の、すべてがおぼつかなかった時代から今日までを、フェリーニは、とぼけたり、昔をなつかしがったりしながらも、ほんとうはまじめでしっかりしたえらいお兄さんのよミーうに、頭をあげて私たちの先頭に立って歩いてくれた。『道』であの哀しいジェルソミーナを演じていた、フェリーニ夫人、ジュリエッタ・マシーナの訃報が最近伝えられて、私はまた一段と濃くなった淋しさを嚙みしめている。

＊

ノーマ・フィールドの『天皇の逝く国で』は複雑な要素をはらんでいる本だ。天皇論をめぐる現代の日本人論といった思想的な部分と、それを支えている、彼女の生い立ちについての物語が同時進行していて、とくにこのプライヴェートな部分の叙述が光を放っている。

著者が十二歳のときひとり家を出て行ってしまったお父さんは、占領軍にかかわっていたアメリカ人、お母さんは日本人で、彼女が生まれたのは、連合軍占領下の東京で、一九四七年のことだった。やがて、軍の基地のなかにあったアメリカン・スクールに彼女は通うのだが、山の手の広い庭のある家で、教養のある祖父母や両親や叔母たちにかわいがられて育っていく。高校を出たあと、お父さんの国であるアメリカの大学で勉強し、いまは《生き馬の目を抜く》シカゴ大学で、教授職にある。もともと源氏物語の論文があったりして、文学の人かと思っていたのだが、最近は、天皇をめぐる日本文化論を講じていると聞く。

その著者が、昭和天皇の臨終から葬儀にいたる、私たちの多くを困惑させたあの一九八八年から八九年にかけての長い期間、日本に(まだ祖父母ともに健在であるという東京の実家に)滞在し、自分の中と外にある日本性というようなことについて、天皇制をキイ・ポイントにしながら述べたものである。

英語で、おそらくはアメリカの知識人(大学人?)に読まれることを念頭において書かれたものを、日本語で読むことから生じたに違いない、かすかな視座のずれのようなものに、私はとまどいをおぼえながら読んだ。とまどいの大きな原因は、作者自身が内蔵する二重性にあるようだ。二重性といっても、もちろん、血の話なんかではない。アメリカの大学でつねに最前線を行く研究者であろうとする著者と、(源氏物語の論文でもすでに感じられた)作家/すぐれたナレーターとしての著者の葛藤がこの本のなかで見え隠れして、それがときに文章の流れをせきとめる。しかし、それは、彼女のものがたる幼時・少女時代の追憶につねにまといついているうつくしい陰影が、あまりにも魅惑的だからでもある。天皇論とはほとんど関係ないところで、それらのことが読者に深い満足を運んでくる。

私が女子大の学生だったころ、それはちょうど著者が生まれて間もない時期だったのだが、進歩的なアメリカ人の学長のアイディアで、私たちの同級生にも何人か、基地、あるいは接収した日本人の邸宅から通ってくるアメリカ人の女の子がいた(山の手から基地に通っていたノーマ・フィールドとは反対の道のりだ)。男の子みたいな嗄れ声で大口をあけて笑ったナネット、流行のロング・スカートがよく似合った、のっぽの黒人のジュリー、士官学校出の将校と結ばれ、はでな結婚式をあげて中途退学した金髪のナンシー。敗戦直後の日本で、私はその子たちと、なにをどう話せばいいのかわからなかった。そんなひとりの誕生日に、冬の日、基地の家のパーティーに招かれて、暖房のきいた部屋で夏服を着ている人たちに目をみはった。案内されたバス・ルームの石鹼の匂いも、おやつに出たケーキの香料も、みんな未知のものだったことに、屈折した気持を処理しきれないでいた私。

ノーマ・フィールドが、非常な愛着を感じるという過ぎ去った時間の日常生活について、彼女が愛している日本の家族について、いつか、ゆっくりと書いてくれたらと思う。日本研究者という肩書、殻、を気にしないで、もっと自由な空間で書かれた彼女の文章を読みたいと切望するのは、私だけではないはずだ。

*

旅行、好きですか、と訊ねられると、たいていの場合、私は、さあ、と考えこんでしまう。好きみたいな、きらいみたいな、です。それでいて、旅に出ることを考えるのは好きだし、かばんに必要なものをつめたり、そのかばんがどうしても重くなってしまったり、とくに家を出るとき、おいていかないで、と家ぜんたいが叫んでいるような、あの恐ろしい感じに締めつけられることさえなければ、毎日だって旅に出たい。できることなら、ひとりで行きたい。だが、そのどれもが叶わないのなら、他人が旅に出た話を読んで、ごまかそう。

『詩は友人を数える方法』は、そんな人間にうってつけの本で、ふしぎな躍動感を伝えてくる。著者の長田弘はおおむね単独で車を駆って、はてしない、という言葉がぴったりのアメリカの道を、まるであてずっぽうのように旅しながらつぎつぎに出会う、影のような生き方をしている人間たちや、どぎもを抜く自然の様相を、短い文章でつづっていく。そして、それらの人や自然に対する著者の驚きが、電車の窓から外を見て、一瞬ごとに変わっていく景色にびっくりして子供がわあわあいうのを聞いているみたいに、新鮮に伝わってくる。さらに、車で走る話だからちょっとたぶらかされてしまうのだが、この旅は、じつは著者ふうアメリカふうの文学散歩にもなっている。

フォークロアのような肌合をもった《詩》が、いっぱい、引用される。これがアメリカなんだなあ、と思わせられるような、どこかぽきぽきした、有名無名の詩が、じつにたくさん訳されて、著者が車で走り去る景色のなかをひらひらと飛び交う。元気すぎて、清潔すぎて、私が路傍の草むらに取り残されることもある。なにかというとすぐに武力や経済力その他の《能力》で他国や他人に制裁を加えたがる、このところもうあきあきしているアメリカ人たちの、原体験のような景色のなかを、著者は砂ぼこりをたてて走りぬける。

「空の底からそこだけ栓を抜いたように」降ってくる雨。「暗い通りの建物の、どの入り口の階段にも、闇のなかにかたまって、幾人もの人がじっと座っていた」。こういった文章を読むと、女のひとり旅では、なかなか見られない景色だなあ、となにやら口惜しい。《アンクル・ジョン》と題された章に私はとりわけ惹かれる。イギリス人でスペイン戦争に参加して、二十歳そこそこで戦死したアンクル・ジョン。その甥でいまはアメリカ人になったアダムという青年を著者がバークレイにたずねる。だが、もらった住所にアダムはいなくて、大きなガラス窓のある部屋で、女がひとり本を読んでいる。アダムは詩を書くようになったの。でも、たぶんこの家にはもう帰ってこないわ。そういうと、彼女はほうぼうに電話をかけて、ついこないだまで一緒だったアダムを探してくれる。

淋しいけれど、やさしい人間たちの風景。やはり、人間がいないと、話は落ち着かない。

『フェリーニを読む　世界は豊饒な少年の記憶に充ちている』岩本憲児編、フィルムアート社

『天皇の逝く国で』大島かおり訳、みすず書房

『詩は友人を数える方法』講談学芸文庫

# 『美しき日本の残像』『女のイマージュ』『シェリ』

あら、しばらく見なかったけど、どこかに行ってたの。慶應大学の国際センターの薄暗い廊下で私がそう話しかけると、その学生はうれしくてたまらないというように、白い歯をみせて笑った。四国に行ってました。ぼく、家を買ったんです。えっ、といったきり、私は彼の顔を見つめた。

ながく暮らしたイタリアから帰国した一九七一年から八五年までのあいだ、私は慶應大学の国際センターというところで翻訳や通訳の仕事を手伝っていた。そこでは、大学の渉外的な事務の処理とならんで、外国人学生のための日本語講座が開かれていたが、まだ日本に適応できないでもたもたしている私のところに、たぶんそれを嗅ぎつけたのだろう、アメリカやヨーロッパの学生たちがしじゅう立ち寄っては話していった。おもしろいことにその学生たちには、日本のことならすべて好きという連中と、現実の日本のなにもかもに我慢できないという二種類の人たちがいて、どちらも若者らしくそれぞれの意見を過激に表現していた。

『美しき日本の残像』で新潮学芸賞を受賞したアレックス・カーが、かつて半ば朽ちた家を四国の山奥に安く買ったんです、と国際センターの廊下で目をかがやかせて話してくれたアメリカの学生と同一人物だったとすると（いや、そうだ、と断定しよう。そんなめずらしいことをやってのけた学生が国際センターに、同じ時期、複数存在したとは、ちょっと考えられないから）、彼は、後者の部類に属していた。この本を読むまで知らなかったのだが、占領軍の高級要員の家族という特権的な場にいた子供時代に垣間みてあこがれた「美しい日本」を、猥雑な東京の日常に見つけられなくて、彼はきっといらいらしていたにちがいない。

アレックス・カーは、やがて「なにひとつ習うことがなかった」と豪語する慶應大学を離れて母校イェール大学に戻るが、そこからさらに、（日本とはちがって、と彼のいう）「古い時代が現代にまでひとつの流れとして続いている」ことを学んだオックスフォードに留学し、とどのつまりは異色の美術商として日本に住みつくことになる。

この本は、だから、しばらく見なかったわね、どこかに行ってたの、と二十年後に同じことを問いかける私への、現在のアレックスから届いた答ともいえるだろう。

彼が留学先の日本からアメリカの大学に戻り、さらにオックスフォードで伝統の世界にめざめる過程も、平家の落人が住みついたといわれる四国の山奥（その村がどんなふうに山に囲まれているか、たしか彼は、紙にまで描いて説明してくれた）の農家、また京都府亀岡の「天満宮」と呼ばれる家を、先々の土地の人たちに援けられて手に入れた経緯も、坂東玉三郎の芸と友情を通して歌舞伎を愛するようになる経緯も、どこかぎこちないのが魅力かもしれない口語体の文章も、おもしろく読んだ。

だが、この本のすべてがすてき、というわけではない。こまやかな愛情をもって日本という国を解読していくアレックスのかげに、性急にこの国を変えたい気持がときにちらついて、私を不安がらせる。「美しい日本の最後の光を見ることができました」とこの本を結ぶあなたは、どうか忘れないでほしい。過去の美をむやみに破壊する日本人は悲しいけれど、この国にも、世界の多くの国と同様、今日と明日の美をつくりだすために、日夜、苦悩し精進している人も多くいることを。

＊

三人姉妹だろうか、ひとりがピアノに向かっていて、そのうしろには、たぶん妹たちだろう、ふたりの娘が立っていて、ひとりは鍵盤に目を落としているお姉さんの手元をみつめ、もうひとりは片手を軽くあごにそえるようにして楽譜を見ている。横手の窓が大きくひらかれていて、背景の山が遠い日の記憶をよびさます。トスカーナの人だったら山の稜線のうねりぐあいから、地方のどのあたりの景色とわかるはずだ。裾まわりがゆったりとした長いスカートをはいた姉妹たちは、三人とも、ちょうど去年あたりから日本でもはやりはじめた、ちょっと大きめの、ちらちらと耳たぶの下で揺れる式のイヤリングをつけている。

アナール派の著名な歴史学者ジョルジュ・デュビィが中心になって編んだ『女のイマージュ』を贈られて、ぱっと開けたとき目に飛び込んできたのが、この心やすまる絵だった。「図像が語る女の歴史」という副題からも察せられるように、この本は、絵画や彫像に表現された女のすがたを例にとりながら、古代から今日にいたる西欧の女たちが、社会や家庭でどんな位置を占めたか、なにを期待されてきたかを述べたものだが、本文に付された、というのか、本の少なく見積もっても三分の二のスペースを占める豪華な絵や彫像の写真のすばらしさに、おもわずページを繰ってしまう。それぞれの時代の特徴をあらわす風俗や美の形を説明する文章も的確で要を得ているが、ときにフェミニズムに偏る説明が教条的にひびくのは惜しい。

それにしても、美しい本である。編者の意図に添いきれないのを承知で、印象に残った映像をいくつか挙げてみる。まず最初が、四世紀ローマ時代の、初期キリスト教徒の副葬用のガラス絵にあるという、未亡人とふたりの子供のオリエントふうな表情の肖像。私がもっとも驚くのは、この絵に見られるような化粧、髪かたち、なによりも威厳を、今日もまだ、イタリアの上流階級の婦人が真似しているように思えることだ。説明には「女性のあたらしい表象」とある。

北イタリアのトレントにあるブオンコンシリオ城の壁画「十二カ月の仕事」からとった、「八月」の場面は、私の好きな絵だ。男女が力をあわせて麦を刈るこの絵柄は、よく陶器の装飾皿などにもコピーされている。蛇足をいうと、説明の「女たちは身を二つに折り、八月のひどい暑さのなかでも、しっかりと衣服で身を覆い、まるで、女は慎しみを忘れるべからずという要請を尊重しているかのようである」は、考えすぎだろう。女と肩をならべて働いている男たちも、みな衣服をしっかりと着けているし、だいいち、はだかで麦刈りしたら、かゆくてたまらないだろう。

　これまで目にしたことがなかったもので、気に入ったのは、慎みの表象としてとりあげられた、無名の彫刻師の手になる木彫の「辺境伯夫人ウタ像」。どこか映画女優のキャサリン・ヘップバーンを彷彿させるのだけれど、重いコートの衿で頬の一部をかくしている姿が、ういういしい。その反対ページにあるシモーネ・マルティーニの作品は、私のもっとも好きな受胎告知像のひとつで、フィレンツェに行くとウフィツィ美術館では、これだけを見て帰ることがあるほどだ。「告知の瞬間、マリアは身をひいて、自分と天使のあいだに目もくらむような空間をつくり出すとともに、マントを胸にかき寄せている」という解説も（その翻訳も）いい。

　それにしても、気がつくとイタリアの絵ばかりが目につくのは、いったいどういうことなのか。自分がもともとイタリアに惹かれる人間だったのか、それとも絵や彫像のなかに、知人友人のふとした表情や手つきを想い出すからか。

ふいに訪れた暑気に疲れているのだろうか。まぢかにひかえた外国旅行が気持をいらだたせるのか。本を読んでいても素直に愉しめなくて、どこか棘々している自分が見えて悲しい。

＊

うんと趣向をかえて、こんど工藤庸子さんの訳であたらしく岩波文庫に加えられたコレットの『シェリ』を読む。一九二〇年の一月から六月まで、パリの大衆的な週刊誌に連載されたという作品。ひたすら甘くて、ひたすらデカダンで、それに、なんという研ぎすまされた文の運びだ。ジャン・コクトーがその奔放な生き方と文学の才能を愛し尊敬したというコレット。「素晴らしい知性と、見事な筆力と、肉体のもっとも秘められた事柄についての深い洞察」をかねそなえていた、とジッドが絶賛したコレット。

一八七三年、ブルターニュの田舎に生まれたコレットは、最初の夫に連れられてパリに出たあと、小説を書いたり、みずからパントマイムの舞台に立ったり、離婚、同性愛など、矢つぎばやなスキャンダルで世間を騒がせる。やがて日刊紙の主筆を経て上院議員になり、外交の専門家として活躍する男爵とのあいだに娘をもうけたのが、四十歳のとき。四十七歳で『シェリ』を発表してから、二年後に小説を地でいくように男爵の連れ子ベルトランとの恋に走ったというから、あいた口がふさがらない。

そして『シェリ』のヒロイン（英雄《ヒーロー》、が語源のこの名称にふさわしい登場人物は、現代の小説からは姿を消してしまった）も、五十歳に手のとどきそうなレアという女性。彼女は、裏社交界といわれた、いわば貴族や富豪のプライヴェートな生活面に出没した「粋《いき》すじ」の女で、おなじ境遇にある友人の息子で二十四歳下のシェリを溺愛している。若くて完璧に美しい青年シェリが金持ちの娘と結婚を決めた時点に物語の発端が置かれ、なんでもない、こうなるのが当然なんだと平静をよそおいながら、絶望に身を焦がすレアの心理を描き切るコレットの才能にほれぼれする。経験のない小娘にすぎない相手にとうてい満足できなくて、家出するシェリ。そして、レアが気をまぎらすために企てた長い旅行からパリに戻ったのを知ると、彼女をたずねて愛をうちあける。このうえなく粋で苦い結末。「ともすると官能暴露に堕そうとするくだりをも、見事に浄化させている」という、この作品を一九五四年に『黄昏の薔薇』という題で訳出した深尾須磨子の評を、あたらしい訳者工藤庸子さんがあとがきで引用しているが、身のひきしまるような知性がこの作品ぜんたいに古典の品格を確保している。主人公たちがたどる肉体と精神の冒険にどっぷりと身を沈めたくなるという、本来、たぶんすべてのすぐれた小説が追求する「変身」の魔術への願望とその危険性が、『シェリ』には潜んでいる。

『美しき日本の残像』朝日文庫

『女のイマージュ　図像が語る女の歴史』杉村和子・志賀亮一訳、藤原書店
『シェリ』工藤庸子訳、岩波文庫

『「レ・ミゼラブル」百六景』『皇帝たちの都ローマ』『エクリール』

子供のとき読んだ世界少年少女文学集といったシリーズの一冊に、『噫無情《ああ》』（原題は『レ・ミゼラブル』）があって、主人公の名が「ジャンバルジャン」。この長ったらしい名（じつは姓と名をつなげて覚えてしまったのだ）と、その彼が銀の燭台をぬすんだのに、「やさしく」宥してくれた白髪のミュリエル司教、それから「哀れな」主人公をつけねらう「残忍な」ジャヴェール刑事など二、三の登場人物と、ハッピイ・エンドで終わったとのほかは、プロットも忘れ、著者もデュマだったか、ユーゴーだったか、さだかでなくなっていた。ひとつには、おなじころに熱中した『鉄仮面』や『モンテ・クリスト伯』、『紅はこべ』など、みんなごちゃまぜになっていたからでもある。

抄訳で読んで作品ぜんたいを理解した気になってしまうのは、しかし、私にかぎったことではないらしいことが、『「レ・ミゼラブル」百六景』の著者によるまえがきを読んでわかり、すこし安心した。それによると『レ・ミゼラブル』にかぎらず、『ドン・キホーテ』や『ガリヴァー旅行記』なども、ずいぶん多くの人が子供のときに抄訳を読んで、知ったつもりになっている物語なのだという。いずれにしても、私が忘れていたこと（たとえば、これを忘れたら、ほかをぜんぶ覚えていても、この本を読んだことにならないぐらい重要な、コゼットという少女について、あるいはジャヴェール刑事の最期が自殺であったこと）、少年少女向きの版ではあきらかに割愛されていた（たとえば、革命の話やら、青年マリウスがコゼットと暗い庭で密会をくりかえしていた話）ことを思い出したり、あたらしい知識を忘れていなかったいくつかの断片と繋ぎ合わせたりして、はからずも、もういちど、この物語を堪能することができたのは、思わぬ拾い物だった。

だが、それだけではない。文庫にしてはめずらしい、この本の五百ページ近いヴォリュームは、一ページごとに挿入された総数二百三十葉＝百六景におよぶ木版の挿絵のせいなのだが、そのどれもが『レ・ミゼラブル』が出版されてまもないころの原書から引用されているのが、めずらしい。しかも、これらの挿画をとおして、読者は、物語の裏に著者が仕掛けた、いわばもうひとつの「物語」に接することになる。「裏物語」は、作品に出てくる人物たちの服装や建物や家具などの細部からパリの道すじにいたるまでの、博学な著者の懇切丁寧な説明にささえられて進行する。たとえば、まずしいコゼットが、店の飾り窓にならんでいた人形に魅せられるエピソード。これについてだけでも、数葉の挿絵が紹介されているが、そのうえに著者はこんな説明をつける。「コゼットが見つめている人形はニューールンベルク製と思われる。というのも今日われわれが知っているような子供の顔をした豊かな頰のフランス人形は一八六〇年代にジュモー父子が作り出したもので、それ以前は大人の顔をしたニューールンベルク製の人形が高級品とされていたからである。このニュールンベルク製の人形は胴体と手足が一本造りだったので、すわらせることができず、つねに立ったままの姿勢だった」

これに似たフランス人形のエピソードは、たしか『小公女』にもあった。主人公の少女セーラ・クルーのインドで亡くなったお父さんの友人がプレゼントしてくれて、それに彼女が感動するといった話ではなかったか。こう書いてみると、一八四九年生まれの作者バーネットが一八六二年に出版された『レ・ミゼラブル』にヒントを得てこの人形の話を入れたのは確実と思える。

＊

『皇帝たちの都ローマ　都市に刻まれた権力者像』。二年ほどまえに出版されてすぐ著者に送っていただいたばかりでなく、昨年度〔九三年〕の毎日出版文化賞を受賞ということだったのに、最近まで手をつけずにいたのは、街にあふれている（ような気がする）古代ローマ史のひとつと思い込んでいたからだ。皇帝ハドリアヌスが建てたパンテオンについて読みたくなって、ページを操って、びっくりした。こんな本が読みたかった、というのがよろこびの半分、ローマに二年もいたことがありながら、自分はなんという無知に明け暮れたのかという苦い後悔が半分。

この本のおもしろさは、古代ローマに君臨した歴代の皇帝たちが、それぞれの権力の象徴として、どんな建造物を造ったか、どんなふうに都市計画の構想を練り、それを実現していったか、彼らの権力闘争の歴史に並行して、平明に物語られていることにある。一見、専門書のようでとっつきにくい印象を与えるのだが、読みはじめるとやめられない。そして、最初はギリシアの模倣だけで建築というものを理解していた古代ローマ人たちが、彼ら特有の土木工事への非凡な才能を伸ばすことによって、独自の都市を計画的に建設していった過程についての物語は、まさに目をみはるばかりである。

古代ローマの人たちが、ギリシアの文明に心酔していたことは、ごく観念的にだが、いちおうの把握はしていた。ところが、カエサル（ジュリアス・シーザー）がクレオパトラと同盟をむすんだあと、エジプトのアレクサンドリアに一年近く滞在したこと、アレクサンドロスの命令で構想された都市のアイディアをもとにプトレマイオス王朝が発展させたこの都市で、高さ一六〇メートルのファロス灯台や長さ八四〇メートルの防波堤、王宮内のムセイオン（博物館）とあの有名な図書館などの公共建築を目のあたりにして「都市計画」の概念を確認したはずだという著者の指摘は、なにか大きな花火があたまのなかで炸裂したみたいに私をおどろかせた。それまで、ギリシアはギリシア、エジプトはエジプト、ローマはローマと、ばらばらに、横の連絡なしに記憶していた知識が、思いがけなくひとつに溶けて大きな地中海世界の展望がひらけたからで、この種のよろこびは、一瞬、猛暑の夏を忘れさせてくれる。

また、いまでも二年に一度は訪れるローマで、自分にとっては、ごく平凡な街路の名や景色の一角、人との待ち合わせの目じるしぐらいになってしまっている、たとえばカンプス・マルティウス（カンポ・マルツィオ）やコロッセオやアウグストの墓廟などが、どのような人間たちによって、どのような政治の葛藤を経て造られたかを読むと、すぐにでもローマ行きの飛行機に乗りこんで、新鮮な目でもういちどすべてを確かめたい気にさえなる。キリスト教に改宗した皇帝コンスタンティヌスが、イスタンブールに遷都を決意したところで、ローマの構築の時代にひとつの終止符がうたれたという結論にいたるまで、納得して読んだ。

自分は、若いころにヨーロッパに興味をもち、イタリアにのめりこんで、それはそれで落ち着いていた。ところが、還暦を過ぎてから、ヨーロッパそのものについても、イタリアについても、自分のこれまでのアプローチがひどく狭くひとりよがりなものに思えて、古代からの文化の流れに、つよく惹かれるようになった。あと何年ほど、たしかな頭脳で本を読みつづけられるのかと、時間に追われるあせりで、夜半に目がさめたりする。

＊

マルグリット・デュラスの『エクリール　書くことの彼方へ』を読む。一昨年だったか、『夏の雨』、『愛人』、『北の愛人』とつづけて読んで以来、かなりこの作者にとりつかれている。『エクリール』は、じつをいうと五月にイタリアに旅したとき、帰りの飛行場の売店でイタリア語訳を買って読んだのを、日本語訳が出たので、「日記」に加えることにしたわけだ。したがって、引用は自分が読んで感動したイタリア語訳から自分なりの重訳を試みる。

これは小説ではなくて、随想ふうのもの、映画の脚本めいたもの五篇から成った小さな本だけれど、今年、八十歳になるデュラスの文章になぐさめられ、ちからづけられた。

この本の題名になった『書く《エクリール》』というエッセイは、ノーフル・ル・シャトーのデュラスの家における孤独について、書くという作業、あるいは書く人間にとっての孤独についての、一見、断片的な文書が発端におかれている。ふしぎなめぐりあわせだが、私は、デュラスのこの家の、おそらくは「階下の大きな居間」と彼女が形容する部屋の写真を、数カ月まえ、美容院にあった「エル・ジャポン」誌上で見つけて、わざわざ、出版元から取り寄せて大切にしていたのだった。ハサミや書きかけの原稿、開いたままの本などが雑然とちらばった机が、なにかあたたかく、なつかしくて、仕事に疲れると、私はそのページを開いてみる。そして眺めるうちに気持がほぐれ、なぐさめられて、もういちど仕事にもどる。

壁にとまったハエが一匹、死んでいくのをデュラスが見ている文章がある。彼女は友人が来るのを待っていて、そのハエに気づいた。そして「なんでもないハエの最後の何分間かを」見まもることにする。

「彼女（ハエは女性名詞だから）が死ぬのを見るために、私はそばまで行った」

「私がそこにいることが、その死をよりむごたらしくしている。それをわかっていて、私はそこにいた。見とどけるために。死がどんなふうにハエをなめつくすかを、そして、どこから、たとえば外部からか、壁の厚みからか、地面からか、その死のやってくる場所を見とどけたかったから」

そしてハエは死ぬ。作家は時計を見る。三時二十分。

「彼女の死を正確に記すことによって、ハエはひそかな葬儀をしてもらったことになるのだ」

書く、とはこんなことでもある、というデュラスに、私は深い溜息をつく。志賀直哉の『城の崎にて』には、この最後の部分が欠けていた。死の瞬間に時計を見ることで、デュラスはハエの生と死を人間の歴史に組み入れる。そういうのがヨーロッパだ、と私には思えるのだが。

『「レ・ミゼラブル」百六景』鹿島茂、文春文庫
『皇帝たちの都ローマ　都市に刻まれた権力者像』青柳正規、中公新書
『エクリール　書くことの彼方へ』田中倫郎訳、河出書房新社

# 『一九三四年冬――乱歩』『スカラ座』『青の物語』

江戸川乱歩がどんな作品を書いたのか、またどのように生きた人だったのか、ながいこと私はごくおぼろげにしか知らなかった。彼の作品で曲がりなりにも読んだといえそうなのは、子供のとき、お兄さんがいる友人に借りた『怪人二十面相』ぐらいで、それも話の内容についてはほとんど記憶がない。ちょうどそのころ、私は、いま考えると病的としか思えないほど「こわい話ぎらい」になって、「もしかしたら死体が出てくるかもしれない」種類の本は、横を通るのもいやなくらい、すべて避けるようになり、その結果まったく推理小説というものを読まなくなった。「死」が怖かったのではない。「死体」が、だった。

いちど読んでみたい作家の中に乱歩を数えはじめたのは、たぶん、彼が名をもらったE・A・ポーについて知ってからで、戦後のことだが、それでも読む機会をもたないまま、年月が経った。それには他の理由もあった。一九二〇年代から三〇年にかけての時代は、私にとってはなつかしいどころか、戦争というタマゴを抱きつづけたバカなメンドリにしかみえなかったので、この時代の産物にはおしなべて背を向けていたかった。

ごく最近になって、松山巖さんの『乱歩と東京』（ちくま学芸文庫）という本に出会った。乱歩の作品に出てくる東京の建築を、年代を追いながら社会史的に分析した切り口が独創的でおもしろい評論だが、そのころから、私は、このところイタリアでもファシズム建築を再評価する動きが高まってきたように、あの時代をもうすこし、客観的に眺めることを自分に課そうと思った。それでも、すぐ乱歩に繋がるようにはならなくて、いまもこの作家については、あちこちで拾い読みするだけなのである。

久世光彦の『一九三四年冬——乱歩』を手にしたとき、ああ、これでまた「乱歩」を読まないまま、「について」だけ知ることになると少々うしろめたかったが、おなじ作者の『蝶とヒットラー』がよかったし、もうひとつ、読みたくなる理由があった。書店で手にとって開いたページに、麻布箪笥町、市兵衛町、今井町など、麻布に住んでいた子供のころよく耳にした、いかにも古びてなつかしい町名が躍っていたのだ。また、数カ月まえ、荷風について書くことがあって、そのあたりを半日かけて歩きまわったことも、なつかしさを増幅していた。

作品の舞台は、あの細い、曲がりくねった坂ばかりの六本木界隈。作者はそこに《張ホテル》という魔法の空間を設けて、一九三四年にちょうど失踪中だった乱歩を泊まらせて物語は始まる。それだけなら、この本は単純な「小説・乱歩」に終わったかもしれないのだが、著者は同時に、時代を濃く反映する乱歩の文体をみごとに模しながら、『梔子姫《くちなしひめ》』といういかにも乱歩好みで奇怪このうえない「小説」を同時進行させて、読者を愉しませてくれる。クチナシヒメは、上海から船で連れてこられた秘密の娼館の美女で、名のとおり、幼いとき毒で声を潰されているので、口がきけない。彼女はまた、朝夕、酢を飲まされて育ったから、「ギターのケースにだってすっぽり入ってしまいそう」なほど体がふにゃふにゃにやわらかくて、およそ彼女にとって不可能な姿勢というものが存在しない。

上海の人さらい、骨をやわらかくするためにお酢を飲まされるサーカスの女の子、秘密の館。そのどれもが、三〇年代に幼時をすごした私の世代のひそひそ話を彩った怖い絵だ。さらに、《張ホテル》の薔薇色の頰をしたボーイ翁華栄《オウファーロン》も、乱歩にふと変な気持をおこさせるほどの美青年なら、マンドリンに合わせてアナベル・リーを歌い、「少女の可憐さと、人妻の危うさ」をかねそなえた、同宿のアメリカ人ミセス・リーも失踪中の乱歩をなぐさめてくれる。そして、断片的に「本文」に挿入されてゆく「小説『梔子姫』」の怪しさ、艶やかさ。ほどなく私は麻布も荷風散人も忘れ去って、なんということだろう、光彦が織りあげる乱歩の世界にしっかりと摑まっている。つくり話にはご用心。

＊

ジャン・ジャコモ・グエルフィというのは、日本にも何度か来たバリトン歌手。その彼が古い型の中折れをかぶって、おそらくは公演の果てた楽屋口だろう、背を向けたファンらしい老婦人のためにサインをしている。写真は写っていない、冬の夜の冷気にかじかんだ彼の手先が見えるようだ。グエルフィも婦人も、厚くて重そうな外套を着ていて、うしろ向きの老女のまるい肩のたたずまいから、彼女が恐縮しているのが伝わってくる。

一九五一年頃の写真で、グエルフィの外套のポケットが暗い口のようにぱっくり開いたまま、ふちがほとんど擦り切れたように見え、そんなことからも、戦後まもなくの時代が見てとれる。五〇年代の終わりに初めて会った夫は、まだこれとそっくりの外套を着ていた。

『スカラ座　永遠の女神』。七十枚の写真は、一、二の例外を除いて、すべてが初公開だという。スカラ座専属のカメラマンだったピッカリアーニが愛したスカラ座と、この劇場をめぐる有名無名の人たち、指揮者、歌手、演出家、バレエ・ダンサー、ピアニスト、そして衣裳掛から装置担当者、サクラまでを含む観客たちが、あらゆる角度から、あらゆるポーズで撮られている。最初のページには、だれもいない劇場の座席で、小柄なトスカニーニが、やはり著名な指揮者だったヴィクトール・デ・サバタの話に身をのりだして耳を傾けている。波模様をえがいてひろがる暗い座席に、ふたりの白髪がきわだっていて美しい。デ・サバタの一列うしろの座席の背にキャメルの外套をむぞうさに掛けているのは、だれか……。

最後のページ。おなじ座席の波模様にかこまれて、ひとり、まるで凱旋将軍然とした（いつもの）顔で写っているのは、アルフレッド・ヒッチコック。これでよし、というふうに首をうしろに倒し、満足げに舞台を見ている。彼の作品がスカラ座で上演されたのかどうかは、ていねいなキャプションをつけた浅里公三さんにも想像がつかないらしい。反対側のページには、どこから見ても観音さまみたいな、ふくよかでまんまるなソプラノのモンセラート・カバリェ。『ノルマ』の衣裳なのだろう、豪奢な裳裾をひいて、木の床材があらわな舞台でにこやかに笑っている。背景にある、あの馬蹄形の客席には部分的にだけ、灯りがついている。

この本をはじめて手にした日、ぐうぜん、空襲直後のミラノの映像を見た、ような気がする。テレビでだったか、夢だったのか。これでミラノは終わった、といいたいぐらいに、それは無残な廃墟だった。五八年、私がミラノに着いたときは、もうすっかり復興が成っていて、スカラ座の屋根が爆弾で吹っ飛んだと聞かされても現実感はなかった。

口の重いミラノ人たちは、あまりそのことに触れたがらないけれど、戦後の難しい時代を、彼らは長い上り坂をのぼるようにして、今日の繁栄を築きあげた。スカラ座の修復は、明るみに向けての苦しい旅の出発点にあったといえる。戦時中、アメリカに避難していたトスカニーニがスカラ座に帰ってきたとき、ミラノ人たちは、もうだいじょうぶ、と思ったという。それほど、スカラ座とトスカニーニに対する彼らの思いは深く、つよい。

＊

『青の物語』は、一九八七年に八十四歳で生涯を終えたフランスの作家マルグリット・ユルスナールの若書きで、未刊、あるいはそれに近いかたちで残されていたのが、昨年、ガリマール書店から出版された。表題の「青の物語」にあわせて、「初めての夜」と「呪い」という、三つの短篇がまとめられている。

まず、鉱物的な三種類の青を組み合わせた表紙のデザインがいい。たとえ自分に関係のない本であったとしても、買ってしまったかもしれないほどだ。表紙（正式には表紙カヴァーというのだろうが）は、私にとって本の大切な一部だ。カヴァーで記憶していた書物が、図書館の棚では無残にそれをはぎとられて並んでいるのに出会うと、管理や効率ということのいやな暴力を感じてしまう。反対に、文庫本やペーパーバック版で、気にいったあたらしい表紙に代わっているのを店頭で見つけると、たとえ旧知の作品ですでに所有しているものでも、ふらふらと買ってしまうことがある。

ユルスナールに戻ろう。三つの短篇のうち、もっとも抽象的な「青の物語」は、地中海の旅人をめぐる、「青」という色を基調にした小さな中世の物語。「ヨーロッパから来た商人たちは、甲板にすわっていた。青い海を前に見ながら、灰色の布をたっぷり当てて繕った帆の投げかける藍色の影の中にいた」という冒頭の文章で、あっというまに私は「青」の魔法に染められてしまった。凍りつく寒さに、左足の指を五本とも失くしてしまうオランダの商人。「暗がりで、ただの半球型の青金石《ラピスラズリ》だろうと思ってつかんだ亀に、右手の指を二本喰いちぎられた」イタリアの商人。そして彼らが招じいれられ、膝をついて進まなければならないサファイアの洞窟。

四十年まえ、神戸を発って三十九日目の朝、私の乗った船はとうとう地中海に入った。これが地中海の青です。世界のどの海の青とも違う。肩ごしに、船長の声が聞こえた。ベルギーで生まれたユルスナールにとっても、（たとえ、幼いころから南仏の海を知ってはいても）地中海は、いわば《より青い》他人の海だった。

物語よりも詩に近いこの作品には、おなじ本に納められた他の二篇同様、ユルスナールらしくない文体や語りの欠点があちこち目立つのだが、才能はすでに燦めいていて、読後、三つの虚しさが淡い煙のように心に残る。

『一九三四年冬――乱歩』新潮文庫
『スカラ座　永遠の女神』エーリオ・ピッカリアーニ写真、冨山房
『青の物語』吉田加南子訳、白水社

# 『志賀直哉』『狭き門』『富士日記』

若い人たちが本を読まなくなったといろいろな人がこぼすし、私もなにかにつけてそれを口にするのだけれど、ほんとうにそうなのか。私の若かったころも、本にかじりついているような若者は、それほど多くなかったのではないか。かつて同級だった人たちの顔をひとりひとり頭に描いてみても、学校の勉強と関係なく、読んだ本や読みたい本の話などをする友人なんて、ほとんどいなかったのに思いあたり、そのことに驚く。

友人だけではない。学校で教わった先生たちの何人がはたして書物に親しむといえる人種だったかと頭のなかで数えてみると、案の定、ちらほらの程度。もっとも、やたら本に溺れることばかり多く、そのくせ大事な本は存外、読んでいなかったじぶんのことを考えると、とても若い人たちを批判してはいられない、とも思う。

目がすぐに疲れたり、仕事にあくせくしたりで、大きい本を読む余裕がなかなか確保できないのだが、かなり暴力的に時間をつくって、上下二巻の大冊『志賀直哉』をしんそこ愉しんで読みとおすことができた。

直哉の『暗夜行路』を、じぶんの好きなタイプの話ではないと知りながら、それだからこそ読まなければと、かなり苦痛だったのをがまんして読んだのは何年ほどまえのことだったか。もともと、直哉という作家の作品に興味が湧かなくて、だれもが知っている短篇をのぞいては、彼についての評論もこれまでほとんど読んでいなかった。こんど、阿川弘之氏の本が出て、もういちど直哉に挑戦してみようと力をふるいおこした。近代日本文学のひとつの山とみられている『暗夜行路』を、もしかしたらじぶんは誤読してつまらながっていたのかもしれない。そう思うと、せめて信頼できる作者の手になる伝記を読むことによって、この作家への手がかりを得ておきたかった。

読んでよかった、というのがまずの結論だ。読んだあとも私の直哉論は基本的には変わらなかったのだけれど、阿川氏のみごとな筆の運びに終始がっちりと捉えられて本を置くことができなかった。これは大変なことだ。書く対象への深い愛情に支えられた、といえばよいのか、そんな作者の執筆態度が、きっちりした文章とあいまって読むものを動かすのだ。ぎらぎらした本が多いなかで、心がやすまる作品になっている。

直哉という人物についてとくに感心するにはいたらなかったけれど、それはそれとして、まるで芝居の場面のような、尾崎紅葉の葬儀が学習院の前を通る話とか、戦時中の一家の暮らしぶりなど、それぞれの時代を彷彿させるような箇所にとくに興味をそそられた。直哉が、予想外にいい加減なところがあった、という話があって、たとえば、じぶんの名の哉という字のタスキをはぶいて、めんどうだから、とすましていたという挿話などを読むと、すこしほっとする。戦後、直哉がフランス語を国語にしてはと提言したという話は、まったく記憶になかった。そんなことを言うぐらいだから、彼自身フランス語ができたかというと、そうでもなかったらしく、無責任もいいところだ。

大学時代の古い友人がめずらしく電話をかけてきて、この本について夜おそくまで語りあった。彼は文学の人ではないのだが、志賀ファンである。私が、志賀ってもともとは好きな作家じゃない、と言うと、おこったような声をだして、それじゃあ、どうしてあんな大きな本、読んだんですか、と突っ込んでくる。いいお弟子さんをもって幸運だなあって、うらやましく思いながら読んじゃった、と返事をすると、そんなの返事になってない、と手ごわい。仕方がないから、ある時代の、東京の山の手の人たちの口のきき方や、暮らしの様子というのか、生活の感覚が、直哉の生涯を描くことをとおして、見事に伝えられているのが、おもしろかった、とつけたしたら、やっと機嫌をなおしてくれた。ぼくの親類には、ああいった老人がたくさんいました。それがこのところつぎつぎ死んでしまうんで、貴重な資料でもあると思いました、とも彼は言った。友人は、東京の古いプロテスタントのインテリの家に育った。大阪の成り上がり商人の末裔である私が、直哉を好きになれないのは、あんがい、そんな「家」にまつわる文化的な背景に理由があるのかもしれない。そう言うと、きみは乱暴だなあ、あいかわらず、と友人はあきれていた。彼の声を聞きながら、古い友人ってありがたいなあと、心が温かくなった。仕事でつながった相手だと、とてもこんないいかげんな話はできない。

プロテスタント、といえば、目下進行中のある仕事のために、ジッドの『狭き門』を読み返す機会をもった。友人にすすめられてこの本をはじめて読んだのは十五、六歳のころで、当時、ジッドとは発音されないで、表記もジイドと書いた。日本は戦争のまっただなかで、いま考えると、『狭き門』と空襲警報と乾パンといったアンバランスがこっけいでもある。

＊

読み返してみて、当然といえば当然だけれど、あのころは恋愛など、とくに男性の側からの感情など、なにもわからないで読んでいたのが、よくわかった。でも、この作者についての全体的な印象は、あんがい記憶どおりなようで、こんども、これはじぶんの好みの小説というのではないな、と考えながら読んだ。じぶんが、かなりうじうじしているたちだから、私は、物語のおもしろい小説が好きで、こういう告白体のものは苦手だ。話しぶりとか内容の好き嫌いは別にして、ジッドの真価といわれる、透徹した文章の迫力には感動した。

私のすこし上の世代の日本人は、『狭き門』に異常といってよいほど、熱を燃やしていたように思う。それは、ジッドのプロテスタンティズムに由来する、一種の《誠実さ》とか、《真摯な態度》みたいなものに、ある時代の日本の読書人がとかく魅せられやすかったからではないか。とくに、ある世代の人たちはそうだった。それから、《アリサ》という女主人公の名のひびきが日本の読者に美しく聞こえたのも、この作品があれほど読まれた一因ではなかったかという気がする。欧米の名でも、日本語にまざって、美しく聞こえる名と、そうでない名がある。

おなじジッドの作品なら私は『背徳者』のほうが好きだ。本の話をよくするイタリアの友人に、ジッドって読んだ？　とたずねると、好きじゃない、と言う。なにが、と言うと、ああいったすじの人の作品は、と口ごもる。同性愛のこと？　と言うと、そうさ、ぼくはきっと古いんだよ、と言って顔をあからめた。彼は、ほぼ、私と同年代だ。同性愛のテーマは、感情にごまかしがきかなくて平板におちいりやすいから、異性愛を描くより、小説としては難しいかもしれない。

フランスの小説を私はこのごろになって、つぎつぎに読み返している。この夏、モウパッサンの『ベラミ』を読んだときも思ったのだけれど、若いときに読んだといっても、なにも理解していなければ、読んでないに等しいのではないか。いや、読んだと思っていばっている分だけ、マイナスということだ。

＊

武田百合子さんの全集が出はじめた。第一回配本は『富士日記』の上巻。これについて書こう、と思っていたら、もう中巻が店頭にならんでいる。

日の経つのが早いなあ、とはたち前後だった私がぼやいたのを、ちょうどいまの私ぐらいの年齢だった祖母に聞きとがめられたことがある。なんの、と彼女は、人形浄瑠璃みたいな口調で牽制した。あんたぐらいで、まだそんなことという資格はないわいな。

百合子さん、と著者をさんづけにするのは、この日記に感嘆しているうちに、さっさと生涯を終えてしまった彼女に、私は言いつくせないほどの愛着をおぼえ、信頼を寄せていたからだ。たぶん「海」の誌上でのことだったのだろう。なにげなく読みはじめた「富士日記」の文章に驚かされ、ついでのめりこむ日々があった。夫をイタリアで失い、帰ってきた日本でも生活のメドが立たなくて弱っていた当時、私は、ゲリラみたいな彼女の文章の明るさ、力強さにすがりつく思いだった。

夫の武田泰淳氏がまだ元気だったころ、いっしょにボートで湖を走っている光景が描かれる。横を水上スキーがめいわくな水しぶきをあげて通り、百合子さんはずぶぬれになる。二度目に《そいつ》が通ったとき、彼女は思わず、バカヤロ、と叫ぶとそれを聞いた《夫はいやな顔をする》。それでも、もう一回、来たら、また叫んでやるんだ、と意気ごんでいるのに、スキーヤーは戻ってこない。読むうちに私は作者といっしょになって、夫のいやな顔に、なにを、と思い、スキーヤーが戻ってこないことに、拍子ぬけする。

またある年、湖畔の花火大会に家族そろって行く。群衆のなかで、「死にそうな位の年のおじいさんが、家族の人に囲まれて、新聞紙を敷いて寝て、仰向けになって花火を見ている。死んでしまっているのではないかと思うぐらい、じいっとして花火のあがる方角だけ見ている」。

《死》の大安売りみたいな不謹慎さが《死ぬほど》おかしくて、つられてへらへら笑いながら読みすすむと、ページをめくったとたん、こんな文章にぶつかる。

「花火があがって、音もなくふっと消えてゆくのを、くり返しくり返し見ていたら、梅崎さんのことを思い出して涙がでた」

作家梅崎春生が亡くなった年の日記だ。そして、自身も花火のように逝ってしまった。

中巻はこう閉じられている。

「楽しい旅行だった。糸が切れて漂うように遊び戯れながら旅行した」

『志賀直哉』(上・下)新潮文庫
『狭き門』山内義雄訳、新潮文庫
『富士日記』(上・中・下)中公文庫

# 『海』『クジラの世界』『完訳　千一夜物語』

暮の休暇に、ある出版社に約束してあった小さな本の翻訳を九割がた完成することができた。著者であるイタリアの作家は、インドからポルトガルへ、また大西洋の孤島からブエノスアイレスのスラムへと、自分では考えてもみなかった国や場所に私をひっぱって行く。こんど訳した本は、これも私にとって意外なクジラとクジラ捕りについての話だった。翻訳そのものも久しぶりで愉しかったが、仕事のために買いあつめた書物のあれこれに夢中になって、いまだに紺碧の海の妖しい幻想にとらわれている。

そんな私をどこかの見張り塔のてっぺんから監視員が見ていたのではないかと思うくらい、ちょうどおなじ時期に、『フランス史』で有名な十九世紀の歴史家ミシュレの好著『海』が版元から送られてきた。偶然の一致、と私たちは簡単にいうけれど、ほんとうに偶然なのだろうか。

『海』は大著といえる本だが、それに気づかないほど、すらすらと読みすすんだ。ふだんは文学作品ばかり読んでいるのだが（その他の本を読む時間がなかなか作り出せない）、子供のときのように新鮮な強い驚きと、著者の対象への愛情にひきずられて読み了えた。ミシュレの文章表現のきめのこまかさにも脱帽の思いである。文系と理系が今日ほど分かれていなかった、いや、学問の分野が今日ほど専門化され分化されていなかった時代が、つくづくうらやましかった。

この本は、「海」とそれをとりかこむ自然現象、海の生物たち、海と人間の歴史などについて述べたものだが、読みながら私は、六歳ごろまで住んでいた家の二階から見えた、太陽にきらきら光る、日によって色のちがう海を思い出した。けむりを吐く黒い船が、水平線をゆっくりと移動するのが見えたその海は、戦後、埋立地になったりして、ずっと遠くに去ってしまった。ふだん、チビども、といわれていた子供連中だけのときは近所の池で泳いだりしていたが、夏休みがくると女学生の叔母たちが、歩いて二、三十分ほどのところにあるほんとうの「海」に、シマシマの水着を夏服の下に着こんだ私たちを連れていってくれた。ミシュレの大洋とちがって、小さな波が岩のあいだに流れこむ、溺れるよりもびっしりフジツボのついた岩で怪我をするほうが心配な、いわば小型のやさしい海だった。

たとえばミシュレは、暗い北ヨーロッパの海を描く。二年ほどまえのことだったろうか、『バベットの晩餐会』という映画で、通奏低音のように映しだされた北欧の海が、あたまのなかでミシュレの描いてみせる激しい海のあらしに重なった。また、ミシュレはこんなふうにも書いている。海を見たことのない素朴な人間は、ふつう海にたいして恐怖感をいだくものだ、と。「動物たちは明らかに動揺する。引潮の時、つまり、甘くけだるいような水が浜辺を静かにただよっている時でさえ、馬は心中おだやかではいられず、身ぶるいし、しばしば小波を渡るのを嫌がったりすることがある。犬は後ずさりして吠えたて、恐怖をそそる高波に、犬なりの仕方で呪詛の言葉をなげかける」。あたらしい犬が家に連れて来られるたびに、私たちは、泳がせてみよう、といって犬を海や池に連れて行った。叔父たちが水にむかって投げる松ぼっくりや棒切れのあとから、たちどころに海にとびこむ犬と、思案顔で悲しげに、あるいは迷惑そうに、こっちを見つめ、くうくう啼きつづけるだけの犬がいた。カムチャツカの犬たちが、海には慣れているはずなのに、夜ごと、「怒濤にむかって遠吠えをくり返し、北の海とその激しさを競いあう」などというミシュレの文章は、そのまま映画の一場面だ。

いわゆる大航海の時代をひらく発端となったのは、人々のクジラ探しだったという。以前から地球をぐるぐる廻っていたクジラを追って、やがて鯨捕りの漁師たち――おもにスカンジナヴィア人やバスク人――が、アメリカ大陸を発見した、とミシュレは書く。一八六一年、すなわち明治維新の七年まえに書かれたこの本がすでにこういった指摘をしているのに、私たちは「コロンブスのアメリカ発見」を教えられた。因みに、ミシュレは、その自由思想ゆえにいったんは教授にも選ばれたコレージュ・ド・フランスを追放されている。

＊

そういえば、クジラがこのところ世界中で流行している。さんざん殺しておいてそのあげくの果ての話だから、あの静かな海の王者たちに聞かれると、少々はずかしい（クジラのほうは、人間についての意見をそう簡単に変えたりしなかったはずだ）。イブ・コアという人の書いた『クジラの世界』には、ミシュレの影響があちこちに読みとれるが、そうかといって平板なクジラ図鑑というわけではない。原題はもうすこし文学的で『クジラの生と死』。海の哺乳類の研究者である宮崎信之氏の監修と付記されているのは、日本の捕鯨事情が歴史的な観点などからも加筆されているのだろうか。十九世紀末の「網捕式」という、日本特有の捕鯨法の木版画なども入っているし、山口県の鯨捕りたちが十七世紀からずっと、毎年、死んだクジラの成仏を祈る供養祭をもよおすことにも触れられている。

一見、写真や挿画が多いので、なんだと思いそうな本だが、どうしてなかなか、本文にも、写真の解説にも、クジラについての知識がいっぱいつまっていて、ページをひらくたびに読みふけってしまう。クジラの写真や挿画が、それに、すばらしい。聖書に出てくる怪魚リバイアサンから、ジュール・ヴェルヌ、そしてもちろんメルヴィルの偉大な白鯨モウビィ・ディックにいたるまでの、クジラをめぐる文学作品のさわり部分が、引用で紹介されているのも愉しい。休暇に訳したイタリア作家の作品にも、マッコウクジラの頭が、あの四角い、ヘンな、としかいいようのない、四頭身のマッコウクジラの頭が、クジラ捕りの目のまえに高い石塀のように立ちはだかる恐ろしい描写があった。

なぜクジラは座礁するのか、という滑稽なタイトルの章がある。私がこの理由を知りたかったのは、この本のごく最初のほうに、マッコウクジラが一頭、切り立った岩にしっぽをはさまれて、こまったような顔をしているのを、小舟に乗った見物人が眺めている、十九世紀の版画が出ていたからだ。完全に納得のいく説明とはいえないけれど、とにかく、クジラは（たぶんイルカなんかもそうだ）とつぜん方向感覚を失うことがあるらしい。集団の人間にもそんなところがある。

絵本に夢中になって、ゴハーンと呼ばれても聞こえない子供みたいに私はこの小さな本に没頭し、読んだあとも、また開いては写真や挿画を眺めた。

＊

海をめぐる話を二冊たてつづけに読んで、子供時代の読書がたまらなくなつかしくなった。ついでに、ミシュレの『海』にも触れられていた『完訳　千一夜物語』の「シンドバッドの冒険」を読む。むかし読んだのは、当然、子供用に書きなおしたものだったが、最後にあれを読んだのは、いつだったろう。シンドバッドという名と、船乗りだったということ、それから、彼が仲間たちと航海していて、島とまちがえてクジラの背中に「上陸」

したところ、その島が沈んでしまった話だったこと、その三つだけが記憶にあった。「島」で、料理をしようとして背中で火を燃やしたものだから、クジラがびっくりして沈んでしまう。この細部は覚えていなかった。モウビィ・ディックでもおなじだが、クジラをびっくりさせるのは、いつも人間なようだ。

「シンドバッド」の話のことを、ミシュレはこんなふうに書いている。

「シンドバッドの実によくできた話、つねにくり返されるこの永遠の物語の冒頭部分はよく知られている。薪を背おった貧しい労働者のヒンドバッドが、大金持ちになった大航海者シンドバッドの宮殿で催されている晩餐会のコンサートを、通りで耳にし、自分の身の上にひきくらべてうらやむ。しかし、もう一人が彼に、金を手に入れるのになめた苦しみのすべてを語ってきかせると、ヒンドバッドはその話に恐れをなすのである。この物語の総体的な効果は、数々の危険を強調することであるが、それはまた、旅というこの大きな賭けの利益を強調し、お定まりの日々の仕事への意欲を失わせるものにもなっている」

私の読んだ岩波文庫版には、シンドバッドとヒンドバッドなどという区別はなくて、両方ともシンドバッド。だからこそ、船乗りで金持ちの商人のシンドバッドが、貧しいシンドバッドに親近感をいだくことになるのだ。ミシュレの解釈は、私にはなんだか七面倒くさくおもえる。そもそも、一攫千金を夢みさせるような冒険譚は、商才にたけたアラブ人らしい話ではないか。私にとって、作り話であることが見え見えのこういった冒険譚は、日常の論理から、かちゃっと鍵をはずすように私たちを解放してくれるからこそ愉しいのだ。のせられやすい私だが、こういう話なら、のせられること自体がうれしい。成人してもなお、足元のしっかりしないもの、たとえば水に渡したなんとなく位置の定まらない板切れなんかの上に乗るたびにシンドバッドのクジラの話を思い出すのも、たぶん、人生の愉しみのひとつだ。

そうだ、ずっと以前は自分が大の冒険譚好きであったことを、三冊の本が思い出させてくれた。海や山や未開の土地に出かけて行く話を、子供のころ、どんなにひきずられて読んだことか。でも、私はほんとうに冒険好きだったのだろうか。それとも、人が冒険する話が好きだっただけか。

『海』加賀野井秀一訳、藤原書店

『クジラの世界』宮崎信之監修、創元社

『完訳　千一夜物語』豊島与志雄他訳、全十三巻、岩波文庫

## 『雪の中の軍曹』『東欧怪談集』『死者のいる中世』

初版は一九五三年。かつて十三年もイタリアに暮らしていて、なんどか友人たちが褒めるのを聞き、いまでは古典といわれるこの本を、やっと日本語訳で読む機会にめぐまれた。マリオ・リゴーニ・ステルン『雪の中の軍曹』。会いたいと思いつづけた人にやっと会えた気持。会ったあとの気分もさわやかで最高だ。リゴーニ・ステルンは北イタリア出身の作家だが、書かれてから四十年以上すぎたこの本は、けっして古びていない。《おそくなっても、「する」ほうが、「しない」よりは、ずっといい》ということわざがイタリアにあるけれど、ほんとうに読んでよかった。

一九四二年から四三年一月にかけて、ナチス・ドイツの同盟軍としてスターリングラード攻防戦に参加したイタリア軍は、大敗を喫した同盟国ドイツ軍のあおりをくらって、総退却をはじめる。ウクライナ近辺からバルト海沿岸まで、雪にとざされた何百キロの道のりを、補給を断たれ、心身ともに文字どおりボロボロになった兵士たちはロシア軍に追われ、ときには友軍であるはずのドイツ兵の攻撃にまでさらされて、飢餓と凍傷に苦しみながら、ひたすら歩きつづける。世界史のなかで、あまり例のない悲惨な逃避行だったともいわれる。

この本のことを知人に話したら、それは大岡昇平の『野火』のようなものですか、とたずねられた。戦争文学の傑作といわれ、フィリピン戦線で病気のため隊をはなれた兵士のみじめな逃避行が、するどい分析的方法で描かれた作品だ。ええ、まあ、と私はこたえながら、終始、高度な文学性を追求し、それが成功している『野火』のことを思った。『雪の中の軍曹』を書いた著者は、しかし、文学性の追求よりもむしろ、人間にとってなにがいちばん「なつかしい」あるいは「忘れたくない」ことか、を核にしていて、それが行間にあふれている。

読みながら、私は、イヴァーナのことを思い出した。イヴァーナは、私がミラノで暮していたころ、ときどきうちに遊びにきていた女の子だ。遊びにくるようになったきっかけは共通の友人の紹介で、十六歳のイヴァーナがすぐそこに四十歳が見えはじめていた私たち夫婦のところに遊びにくるのは、ちょっとふしぎだった。日曜日など、電話もかけないでふいとやってきては、そのころ彼女が通っていた専門学校の授業の話やら、しょっちゅう喧嘩ばかりしている両親の話などひとしきり、あかるい声でしゃべると、さよなら、といって帰った。友達がないわけでもないのに、こんなに年齢のはなれた人間のところにきて、なにがいったいおもしろいのだろうと、彼女が帰ったあと思うことがあった。

夫が急死して、私がひとりになってからも、イヴァーナは以前とおなじようにときどきやってきては、友人の話やら、仕事の話をして、ああ愉しかった、といって帰った。どうして彼女が私たちのところにくるのか、その理由らしいことがわかったのは、私が日本に帰ることになって、それを彼女に告げたときだった。ああ、よかった。彼女は、いつものあかるい声でいった。日本に帰ったら、もうさびしくないわね。ほんとうに安心した。まるで、たよりになるお姉さんみたいな口調だった。うちのおばあちゃんが、ずっとあなたのことを心配して、話しに行ってあげなさいって、いってたのよ。外国で暮らすのは、つらいものだからって。

イヴァーナのお父さんはイタリア人、お母さんはロシア人だった。ふたりは戦争中、東部戦線で知りあったとイヴァーナが話していたのを、この本を読んで、そうだったかと思った。娘であるお母さんといっしょにイタリアにきてしまったお祖母さんは、ミラノに二十年いても、まだイタリア語があまりしゃべれないというのに、ロシア語も半分忘れてしまったと、イヴァーナから聞いたことがある。冬になると重ね着をして、まるでトルストイの童話の挿絵にある農婦のように着ぶくれるから、遠くから見ても、あ、イヴァーナのお祖母さんだとわかる、と私たちはよく笑った。

『雪の中の軍曹』にこんな場面があった。飢えと寒さでもうこれ以上は歩けないと思った主人公の兵士は、やっとみつけた一軒の戸を叩く。若い女がさっとドアを開けてくれるが、中をのぞくと武装したロシア兵が数人、食卓についていて、こっちを睨んでいる。それでも戸口に出てきた若い女は、だまってイタリアの兵隊に熱いスープが入った鉢をさしだす。

殺されるかもしれない。そう思いながら、兵隊はそれを呑みほす。ロシア兵たちも、だまってそれを見ている。

いつのまにか、私はその若い女をイヴァーナのお祖母さんに重ねていた。戦争ってそんな甘いものじゃない、とも思うが、戦争に勝った話より、負けた人たちの話に心にふれるものが多いのは、皮肉といえば皮肉なことだ。

＊

ロシアに負けた人たちといえば、東欧の国々がすぐ頭に浮かぶ。彼らの文学がなにか暗いものを背負っているのは、もちろん冬の長さもあるだろうけれど、周囲の国々のエゴイズムにたえず翻弄されてきた、かなしい国の歴史のせいがあるだろう。東欧が犠牲になっても、俺たちが助かるのなら仕方がない。西欧の人たちの意識下には、そんな思いが潜んでいるようにも思える。でも、東欧人はたしかに暗いけれど、したたかでもあるし、なによりも、ふしぎな幻想性をもっている。

『東欧怪談集』と題はどぎついが、沼野充義さんの編集になるこの小さな文庫本には、二十六篇の、怪談というよりは怪奇譚が集められている（「怪談」というと、ついラフカディオ・ハーンとか泉鏡花の幽霊話を想像してしまう）。ちょっと、仕事に倦んだとき、お茶を淹れて、一篇だけ読んで、また仕事に戻る。それぐらいの長さなのがいい。

カレル・チャペックとかアイザック・シンガーとか、私も知っている作者もあるが、ほとんどは初めて見る名だ。チャペックの、たしか、『長い長いお医者さんの話』の中に、月夜に山を越えていくと、ほそながい犬が輪になって踊っているのに出会う話があった。挿絵を描いたのが、著者のお兄さんだったかで、ひょろひょろした犬が後足で立って、ひょろひょろ踊っている場面が忘れられない。

この小さな本にもいくつか、しゃれた話が出てくる。私のこれまで知らなかった作者のものをひとつだけ紹介する。「笑うでぶ」というコントふうの話。五月の晴れた日、緑がさわやかな「庭に囲まれた一戸建ての家や別荘が立ち並んで」いる、感じのいい道路を歩いていると……会う人、会う人みながデブなのである。そればかりか、それらデブのひとりひとりが、さもおかしそうにからだをゆすって笑っている。

いいなあ、こんな話ってと思うのだが、そこが東欧で、オチ（ここには書かないけれど）は、ちょっとかなしい。作者はムロージェックというポーランドの人で、建築をやったり、漫画を描いたりしたあとで、小説家になったという。そういえば、主人公がずんずん入っていく家の描写が、どこか建築家的にも思える。

＊

高校生のころから、フランドル派の絵に惹かれていたという人が書いた本を読んだ。やがて、おとなになった彼女は、しきりにヨーロッパ美術に見る「死」について書く。

小池寿子『死者のいる中世』。パリからドイツ国境の町ストラスブールへ、ベルギーではいくつかの、小さいけれど歴史と意味がぎっしりつまった都市へ、イタリアではフィレンツェへ、パレルモへ、シエナへと、中世がどのように「死」を描いてきたか、彫り刻んできたかを、著者は、ほとんど目まぐるしい速度で訪ねて歩く。いや、目まぐるしいと感じるのは、旅行下手な私の、単なるやっかみかもしれない。行く先々で、《これといった意味もなく》その町の日常にはまりこんでしまって、《そと》から見すえることを忘れ去ってしまう私は、指をくわえてケーキ屋のウィンドウをのぞきこむ子供みたいに、著者のスピード旅行に見とれ、煌めくような彼女の博識に感嘆する。レンタカーを運転し、長距離列車に乗り、ときには飛行機をつかい、あるいは田舎道を六時間もバスに揺られて、《死》のかたちをむさぼるように求め歩く著者こそが、じつはこの本の主役のようにもみえる。

パリの郊外（今日ではもう郊外とはいわないかもしれない）のサン・ドニ寺院にフランス王家の墓所をたずねた著者は、めいめいの石棺のうえに、しずかに横たわる王たちや女王、王女たちが、胸に手を合わせて復活の日を待つ横臥像の群れに出会う。私があの寺院をおとずれたのも、晴れた日だった。両肘をすこし胴体から離しているものだから、そのため、まるで胸のうえで合わせた自分の手そのものを遠い神に捧げているような像があって、息を呑んで立ちつくした。それまで文字でしか知らなかった、「王の死」ということばを、かたちで覚えた気がしたし、像の白さがいかにもまぶしかった。著者はいう。「定まった死のかたちのなかで、片方の手だけには自由が与えられていたようだ。ある者は自慢げに髭をなで、ある者は胸に小さな球体を抱き、また、そっと心臓のあたりをおさえる。マントをとめる飾り紐を摑み、施し袋を握る者。生前の姿そのままの死者ではあるが、もはや言葉を失い、許された手振りだけで最後の、そして永遠のメッセージを伝える」(細心に丁寧に準備された写真と文献資料一覧表がこの本を背後で支えている)。

いつか時間をつくって、もういちどサン・ドニに行ってみよう。もういちど訪ねて、わけもわからずに、中世のキリスト教に捉われていた自分を、あの王たちの寝姿を見ながら、もういちど考えてみよう。やがては迎えなければならない、自分の死までの道がすこしは見えるかもしれない。

『雪の中の軍曹』大久保昭男訳、草思社
『東欧怪談集』沼野充義編、河出文庫
『死者のいる中世』みすず書房

# 『1995年1月・神戸』『フランケンシュタイン』『注視者の日記』

一世紀に一度あるかないかの異変や事件が、年が明けてまもなくつぎつぎと起きて、気がついてみると、晩い春がもう初夏に移行しようとしていた。阪神間に育ち、現在も多くの知己や縁故がその地にある私にとって大震災は他人事ではなかったし、毒ガスが撒かれた地下鉄の日比谷線は、日常もっともよく利用する路線のひとつだったから、もしかしたら自分もと、立っていた崖の土が、ふいに靴の下で音をたてて崩れはじめたみたいに、地震では自然を前にしての人間の小ささにあらためて畏怖を覚え、毒ガスの事件では人間の思考経路の怪奇さに目を瞠った。

神戸市在住の中井久夫氏の記録を中心に編まれた『1995年1月・神戸　「阪神大震災」下の精神科医たち』が出版されたのは、そんな慌しさ、緊張感の中での三月の終わりだった。書店の店頭で見てすぐに求めたのを新学期の忙しさにまぎれて、目を通すことができたのは五月もようやく半ばを過ぎてからのことである。

中井久夫氏の名は、私にとって、なによりもまず数年前に読んでいまも大切にしている、ギリシアの現代詩人カヴァフィスの詩集の非凡な訳者を意味していた。氏がこれらの作品を訳すために現代ギリシア語を学ばれたと聞いたことがあって、そのことだけでも、ずいぶんびっくりしたのだったが、いまこの大震災の記録を手にして、私はもういちど驚いた。いや、感嘆した、というのがただしいだろう。重大な災禍にみまわれた都市の記録としては、『ロビンソン・クルーソー』の作者ダニエル・デフォーが、まるで彼自身がそのさなかにあって経験したかのように書いた『疫病の年の記録』が有名だが、この本の中心を占める、神戸大学医学部付属病院神経科部長でもある中井氏の、「災害がほんとうに襲った時」に描かれた、震災後に病院を中心に組まれた救援態勢のチーム・ワークについての淡々とした叙述は、読むもののこころを癒し、人間への信頼を取り戻してくれる。

被害を受けたのが他の都市でなく、神戸市の周辺であったことが、すなわち、おおらかでくよくよしない神戸市民の気質が、地震直後に起こったかもしれない不必要な混乱をふせぐことになったと、著者はくりかえし述べている。神戸人の明るさ、行動力はたしかに氏の指摘するとおりだし、今回それについては多くの人が書いたが、背に六甲山脈をひかえ、前に海という自然の境界線によって、この都市が非人間的な寸法に到ることを阻まれてきた事実も、被災者にとっては幸いな要素であったと私には思える。

こんな描写がある。「揺れがひととおり出尽した時の私の家は静まり返り、二階の寝室の戸を開けて窓から見わたせばゆっくりと明けゆく空の下の街並みも何ごともなかったようにみえた。空にはところどころ青空がみえていたが、東方ほど濃い乱れ雲から雨脚が垂れて霰《あられ》でも降るかなと思わせる空模様であった」

芦屋の丘陵地で被災した青年から私がもらった手紙にも、この静かさが描かれていた。「散乱したガラスを毛布で被い、そのうえを跳ぶようにして玄関に出て街を見下ろすと、不思議なほどの静けさの中で火の手が四、五ヶ所あがっていました」。ふだん、文章を書く青年ではなかっただけ、読んだときの感動は大きかった。

また、こんなエピソードもある。被災した街を歩いていて、著者は一本のオリーヴの木が火を遮ったために、付近の一区画が延焼を免れたと教えられる。それを聞いて、彼はさっそくオリーヴの接木の方法を調べ、枝をもらいうけると、これを病棟の庭に植える。その庭には、本物の古いヨットからもらいうけたマストが立っていて、そこにはためく万国旗が患者たちをなぐさめているという。

人と自然への深い愛情が、花崗岩の岩肌から滴る透明な六甲山脈の水のようにこれらの文章にはみなぎっていて、地震の爪痕がむごたらしかった分だけ、著者の目は澄んでいる。

＊

大地震が大自然への畏怖を思い出させてくれたのに反して、なんでもない日常にいきなり割りこんできて市民を精神的に追いつめた毒ガスの事件が、どうやらひと握りの人たちのとてつもない野望と妄想の産物であったらしいと報道されたとき、私たちは言葉を失った。人間の頭脳から生まれた怪物。連想ゲームではないけれど、メアリ・シェリーの『フランケンシュタイン』を読んでしまった。著者は、イギリス・ロマン派の詩人で『ヒバリに寄せて』などで知られるパーシー・ビッシュ・シェリーの妻だ。そこまではどうにか知識があった。女性が、恐ろしい怪物を主人公にした小説を書いたというのが、ずっと私には解せなかったのだけれど、じっさいには実物を読んだことがなかった。

だれがいちばんもの凄い怪奇小説が書けるか。そのころメアリがシェリーと滞在していたジュネーヴの宿で、友人たちと競って、ほとんど冗談半分に書いたものだという。作品そのものは、でも、私が子供のころから頭に描いていたフランケンシュタインとは、かなり違ったものだった。映画が原作の印象を変えてしまうのはめずらしくないが、この作品の場合、ずいぶん映画がひとり歩きしてしまった。私が小学生のころだったろうか。声をひそめて、フランケンシュタインみたいに怖いヤツはどこにもいないわよ、と自身怖がりだった母が話してくれたのは、彼女が見たもっと怖いホラー映画からの話だったに違いない。

まず、小説での「フランケンシュタイン」は怪物の名ではなく、卓越した科学者でありながら野望にわれを忘れて、生命を自分の手で造るという禁じられた誘惑に負けて、「昼も夜も信じられぬような苦心と疲労をかさねたすえ」「発生と生命の原因を解き明かすことに成功」して、無生物である手づくりの「怪物」に生命を吹きこみ、やがては身をほろぼすという主人公の名前なのだ。ぞっとするほど世にも恐ろしい生き物、怪物、と作者はくりかえし述べるのだが、その描写は、まったくない。物語は、㈠これを造ったために後悔にさいなまれ、世間の目を逃れて生きる、苦悩と孤独と恐怖について語る科学者、㈡造られはしたものの、名さえ与えられず、想像を絶する風貌のために昼間は街を歩くこともできないまま、自分を造ったフランケンシュタインに復讐を誓いながら、同時にその愛を得ようとして後を追いつづける哀れな怪物、㈢そして北極の地で科学者の告白を聴く青年という三人の人物によって語られている。すぐれたSF小説であるためには、私にはわからないミスが隠れているのかもしれないし、いかにも古いと思える心理描写もあるが、ぜんたいとしては内省に満ちた、感動的な、そして書かれた時代をよくあらわす作品。

＊

災難づけになったものだから、このところ私たちの目は、とかく世界を忘れがちだったと、五月のはじめに十日ほどイタリアに旅行して、これではいけない、と思った。

帰ってまもなく、『注視者の日記』という少々変わったタイトルの本がとどいた。港千尋という写真家が書いたもので、「地図なき時代の世界を歩行認識する……作業日誌」と帯にある。タイトルもユニークだが、二百ページ近い本がぜんぶ横組み（読みにくくはない）なのも、めずらしい。写真家、とかんたんに紹介したが、著者は「国境を越えて旅することと映像を注視することが重なり」あった部分に「映像と言語のあいだに地理的な想像力を発見する作業」を自らに課している。彼の越えたヨーロッパ諸国の国境は、バルカンではとくに日々の戦争によってそれが歪み流動しつづけているから、数知れない。欧州連合の成立を別にしても、国境ということに意味を認めたがらない若者たちが確実にふえている（しかし、著者はいう。「ボーダーレスという言葉は、壁がなくなるのではなく、壁が非物質化するという意味としてとらえねばならないだろう」と）。そんなヨーロッパをこの人はリアル・タイムで歩いていて、そのことが、政治と歴史に疎い日本の若い人にはめずらしく思える。私自身、からだのどこかで考えているようなことが、あたらしい、明晰な、そして私にはとてもかなわないラディカルな行動と言語を通して述べられている。

昨年、英仏のあいだに開通した「ユーロトンネル」の建設に反対するイギリス人は多かった。イギリスを「大海に浮かぶ船」、自分たちをその船の船長と信じていた彼らにとって、トンネルなんて冗談じゃないというわけだ。「しかし」と著者は書く。「彼らがパイプをくゆらしながら眺めていた海の下には頑丈な地底があったのだ」。しかし「〝船長たち〟の心理的葛藤は、大陸諸国の人間には理解されない」と。私もイタリアでよく耳にした。イギリスは島国だから、島国の人間はちょっと変わってるんだ。そして、島国から来た私を見て、イタリア人はちょっと笑う。

写真家の本だから、写真もたくさん入っている。どの写真も、たぶん、現在の世界の空虚な状態というようなことを、伝えようとしている。なによりも私をうちのめしたのは、ウィーンに似た雰囲気のザグレブで著者が聞いた、クロアチア人ミミチャの発言だ。「この戦争のひとつの特異な点は、文化財の徹底した破壊にあると思う。なぜ兵士が閉じ籠っているわけでもないカトリックの教会やイスラム寺院が、片端から爆撃されなければならないのだろう。……なぜ市立図書館みたいな戦略上、何の意味もない建物が焼き打ちにあっているのだろう。……つまりひとつの土地の集合的記憶の抹殺が、最初からの〔この戦争の〕目的だったのではないだろうか」

狂暴な無知に、この世界で私たちが大切にするものが狙われているように思う。

『1995年1月・神戸 「阪神大震災」下の精神科医たち』中井久夫編、みすず書房

『フランケンシュタイン』森下弓子訳、創元推理文庫

『注視者の日記』みすず書房

# 『芋っ子ヨッチャンの一生』『肌寒き島国』『マラケシュの声』

先日、同年輩の人と話していたら、ぼくはいまでもサツマイモは食べない、カボチャもだめだ、どうしても戦争のころの記憶がへばりついていて、と顔をしかめたので、私は思わずサツマイモをかばった。あら、わたしはあなたの正反対だわ。サツマイモは小さいとき好きじゃなかったものだから、戦争のさいちゅうは、またサツマイモだ、と思って食べていたけれど、最近になって、おいしいと思うの。

私たちは昭和初年の生まれだ。

それからまもなく、一冊の本に出会った。『芋っ子ヨッチャンの一生』というタイトルで、表紙には、ちっちゃい男の子が、大きな、ほとんど身長の半分ぐらいもあるサツマイモを、重たそうに、いとおしそうに抱きしめている写真。サツマイモのシッポがちょうどエプロンの（このごろの子供たちは、どうしてエプロンをしなくなったのだろう）おなかの辺に垂れていて、それがこの子の臍の緒みたいにもみえる。昭和二十一年に生まれて、昭和二十六年に五歳の誕生日を病床でむかえ、二カ月後に死んでしまった影山賀《よし》彦くん、愛称ヨッチャン、という坊やの写真集だ。

表紙の写真に話をもどそう。きれいに前髪をそろえて散髪した頭とは対照的に、兄さんたちのお下がりなのだろう、ヨッチャンは、ほつれた袖口を折り返した、すこし大きすぎるセーターを着ている。鼻の下がなにやらすすけてみえるのは、おかあさんたちと庭の畑のサツマイモを掘りながら、水っ洟を手でこすったのか。

この本の著者、影山光洋氏は、ヨッチャンのおとうさんで、著名な記録写真家だった。ヨッチャンは光洋氏の三男坊で四人きょうだいの末っ子。おとうさんは、そのころ一家が棲んでいた鵠沼の家の座敷で産湯をつかわせてもらっているところから、白い顔をして小さな柩におさめられたヨッチャンまで、息子の一生を撮りつづけたのだが、今度それを、ヨッチャンのお兄さんでやはり写真家になった智洋氏が本にした。あのころ、「こども」はこんなふうにして一家の一員となり、こんなふうに一家のよろこびとかなしみをわかちあい、そして、あるときはこんなふうに（病名もはっきりしないまま）死んでいくことがあった。「あの時代、日本中に沢山の〈ヨッチャン〉がいた」と帯のキャプションにあるように（そして、今日もまだ世界中でたくさんの〈ヨッチャン〉を私たちはつくっている）、親のもとから無残にもぎとられていった多くのヨッチャンたち。

白い産着が陽に干してある、そのまえで新聞紙で折った〈進駐軍〉帽をかぶってうれしそうな〈にいちゃん〉たち。他の写真のヨッチャンは、やつれの見える〈おばあちゃん〉や、小さなネンネコを着た〈おねえちゃん〉におんぶしてもらっている。離乳食のかわりに、サツマイモで育って、「息を引き取る二日前まで、ヨッチャンは芋っ子だからと、さつま芋だけはよろこんで食べた」。賀彦君が巨大なサツマイモを抱えた写真をおとうさんが撮ってくれたころ、過労がもとで病床についてしまった、きれいなおかあさん。

ちょうどおなじころ、イタリアのミラノでは、のちに私が結婚することになる人の兄さんだったマリオが、結核性脳膜炎で二十一歳の生涯を終えた。母親の結核が感染したのだった。その二年後には、妹のブルーナが十八になったばかりで、やはり結核にもっていかれた。彼女はヨッチャンのように、夫たち四人きょうだいの末っ子で、たったひとりの女の子でもあった。まだ小さかった四人がトウモロコシ畑で笑っている写真がある。

*

一九四六年生まれのヨッチャンのことを、評論家の松山巖さんが、ある雑誌の対談でこんなふうに語っている。「ヨッチャンが生きていたら、四五年の七月に生まれたぼくとは同期生だったはずだ」。私もよく考える。じぶんたちの国の、ほんとうはじぶんたちを守ってくれるはずの軍人たちによって死に追いやられた〈ひめゆりの塔〉の女学生たちと、私はほぼおない年だ。じぶんのあたまで、余裕をもってものを考えることの大切さを思う。五十年まえ、私たちはそう考えて出発したはずだったのに。

近代化の過程のどこかで、私たち日本人は人間にとって大切なことをはしょってきたのではないかという疑念が、松山巖さんを駆り立てる。彼は「近代日本を支えてきた根のところを見たい」と日本各地を巡る旅に出て、「人間の躰と自然と機械とがぶつかり、軋んだ百余年の現場」をたずねる。

『肌寒き島国「近代日本の夢」を歩く』は、そんな旅の記録であり、著者は、明治以来、ゆがんで歩いてきた日本をみごとに分析している。北海道では旧炭鉱をたずね、むかし鮭漁でにぎわった港を、沖縄のキビ畑を、そしてバブルが去ったあとの大阪北浜の証券取引所をおとずれる。この本で光彩をはなつのは、かつて栄えたいずれかの産業に直接従事した人たちや、土地のなんでもない住人たちの直接の声、そして〈ふつうの人〉の目の高さにじぶんを置くことをけっして忘れない著者のコメントだ。選挙権をもつ私たちのひとりひとりが実際に知っていたい事どもを、松山さんは、見聞きし、しずかな口調で語る。

彼が小学校のとき、当番にあたると、仲間より早く学校に行って火をおこした石炭ストーブ。そのストーブの黒く光る石炭をいとおしみながら、著者は二十一年まえに閉山された北海道の奔別炭鉱跡に行く。〈棄民〉という言葉がふと私のあたまに浮かぶ。施政者や会社の〈都合〉で肉体と精神の限界を超えて働かされたあげく、「質流れみたいに」お払い箱になった労働者たち。

「高度成長がはじまったとき、敗戦直後の乏しい時代とはうって変わって、国家という存在が遠くなりはじめた。一見、個人の生活が重視されたかに見えてきた」「が、その分じつは個人の存在は希薄になったのではなかったか。国家が前面に出て動きはじめ、個人個人はそれに身を委ねたにすぎないのではなかったのか。私が気になっているのは、漁師や土地の人たちを互いに結びつけていた絆が消え、国家に吸いとられたのではないか、ということである」。北海道の花咲港で著者はそう考える。

また北九州の八幡では、著者は、おでん屋の客たちが酔って景気回復の話をするのを聴いている。会社のいくつかのやりくりで、この辺もまた賑やかになるかもしれない。「が、それまでカウンターに顔を埋めていた中年の男が、そんな単純なことではなか、と独り言のようにいった」。男がそういった理由がはっきりわからないのが、松山さんにはもどかしい。計算がうまく行って、はたして個人は救われるのだろうか。

東京向島で、著者はゴムを扱う小さな町工場の主人たちと話す。どんな製品を頼まれたって、たちまち造ってみせる、と元気いっぱいな工場主たちは、しかし、ゴムのかわりにもっと安いプラスチックでいい、ともし注文主が決めれば、ひとたまりもないことも知っている。それでもまだ、目をかがやかせてこんな話をする人がいる。「僕は叩き上げの職人の時代が終わったとき入ったでしょ。それでも、その頃はまだ個性があるゴムがあったのね。原料の配合が違っていて、あの工場のゴムは加工性が高いとか、弾力性に富むのは、あの工場のゴムだとか」。でも、個性的なゴムは大量生産できないから、工場は潰れる。個性を失ったのはゴムだけか。

九二年から三年にかけて書かれたこれらの記録を、松山さんは震災直後の神戸からの報告で閉じている。私も三月末にその地を訪れたが、瓦礫の中を歩いていて、無力感にひしがれた。五十年間、いったいじぶんたちの世代はなにをしてきたのだろうと。

＊

エリアス・カネッティというブルガリア生まれのユダヤ人が一九八一年にノーベル文学賞を受賞したとき、私は、かなり冷淡だった。「公平」を期して、たらいまわしみたいに「知られざる作家」を表彰する文学賞なんて、もうまっぴらだと思ったのだ。いま、彼のエッセイ集、『マラケシュの声　ある旅のあとの断想』を読んで、私は、無知にとどまろうとしていたじぶんを悔いている。戦争の忌わしさ、近代化という概念の軋みを書いた本を二冊読んだあと、低いけれどたしかに明日にむけての声に出会ったと思う。ユダヤ人が強制収容所でむごたらしい死をむかえてからまもない五〇年代の初頭に、この作家がこれほど静かな声で、異文化の世界について書いているのは感動的だ。映画の仕事でモロッコの都市、マラケシュに行ったときの随想集であるこの本は、最近になく勇気をくれた本、心やすまる本だった。

作者の好奇心が予期しない発見をする。ある朝、彼はラクダ市があるからと友人に案内される。「驚いたことに、駱駝たちには顔があった。顔は互いに似ているように見えて、実は千差万別であった」。一見、なんでもないようなこの驚きが、この国の言葉を理解しない彼に、さまざまな発見をさせる。彼はスーク（市場）を歩き、「人間のつくりだしたこれらの商品がこれほど多くの威厳をもちうるとは、驚くべきことである」と書くが、それはかならずしも商品が立派だからではない。商人たちの行為が「開かれた活動であり、行なわれていることそのものが、完成した商品のように姿を現わす」からだ。

広場に転がっていたひとつの包みは、いつ行っても、エーエーエーという甲高い音を発するだけだった。包みの前には、いつも硬貨がころがっている。その声は、「この大広場全体にあって唯一の音、ほかのあらゆる音のあとに生きのこる音」であるはずだ。包みは「生きていた」のだ。こんな文章に出会うと、これから自分たちの歩いて行く方向に、あるひかりが見えるような気がする。カネッティは一九〇五年生まれだ。

『芋っ子ヨッチャンの一生』新潮社

『肌寒き島国「近代日本の夢」を歩く』朝日新聞社

『マラケシュの声　ある旅のあとの断想』岩田行一訳、法政大学出版局

# 『旅ではなぜかよく眠り』『鳥のために』『五重奏』

なるべくなら、ふだんと変わらない環境のなかでそうっと生きていたい。だが、それだけで満足というのでもない。籠りたがる性格といっしょに、外国で暮らしたり、ほうぼうに旅行したりして、つねにあたらしいものに出会って刺激をうけたいという欲望が、私のなかではたえず戦争している。そして、どちらかはっきりと勝利をゆずることもなく、あいまいに年をかさねてきた。

大竹昭子さんの『旅ではなぜかよく眠り』を読むと、出不精な私は、きげんのわるいハリネズミみたいに、狭い小さな箱に籠ったきり、じっと暮らしてきたような気がする。それほど、この本のなかの彼女は、縦横に世界を駆けめぐり、珍妙で、しかも、かぎりなく人間の匂いがする状況に出会い、それにはまりこんでは、また無事に帰還する。冒険好き、というのだろうか。

あるとき、彼女はバリ島にいる。それもどうやら小さな村のバンガローをひとり借りて滞在しているらしい。たまに町に出てくると、その賑やかさに有頂天になって、最終バスに乗りおくれてしまうぐらいの、ひっそりした村なようだ。

バスがなければ村に帰れないから、ヒッチハイクということになる。「信頼のおけそうな」と彼女が判断した現地の青年が車を停めてくれる。しかし、この人はほんとうに大丈夫なのか、と彼女は車のなかでびくびくしている。正しい道を走ってくれているのだろうか。

「こちらの動揺が伝わったのか、車内に気詰まりな空気が流れた。ことばが自由にならないことが息苦しさを助長し、沈黙に重みを加える。青年はひたひたと忍び寄る闇をはねのけるように黙々と車を走らせた」。読んでいて、こちらもなんだかおそろしくなる。無事、バンガローに送りとどけられて彼女も読者もほっとするのだが、月のない夜の闇は、バンガローのまわりにも濃くたれこめて彼女をにらんでいる。

またあるとき、彼女はニューヨークにいて、何週間もかかってやっと借りることができた部屋のリノリュームを剥がしている。「ガラス板のように堅く」なったリノリューム。やっと一枚、剥がれたと思うと、「下から別の模様のものが出てくる。それを剥がすとまたちがう色が現れる。剥がすたびに空間のイメージは一変し、若者の部屋になったり、老人の部屋になったりした」。リノリュームの層のあいだからは、いろいろなものが出てくる。「輪ゴム、クリップ、ヘアーピン、髪の毛、古新聞、ゴキブリの死骸……」。でも彼女はへこたれない。だまって仕事をつづける。「息を詰めて黙々と手を動かした。少しでも気を抜いたら、パイ菓子のような時間の層に自分も封じ込まれてしまいそうだった」

彼女は、これらの文章を書きながら、じゅうぶん愉しんでいる、と思う。そして、バリ島の黒い闇がおそろしかった分だけ、ニューヨークでリノリュームを剝がす仕事がみじめだった分だけ、彼女の筆はいきいきとしている。

＊

夏、二週間近い旅から帰ってくると、郵便受けが本でいっぱいになっていた。はずむ気持で包みをほどいてゆくと、そのなかの一冊の表紙が目にとまった。『鳥のために』は詩集で、深紅色の地にセピアの枠があって、そのなかに七、八歳ぐらいだろうか、片手に草を束ねて持った、碧い目の女の子がじっとこっちを見つめて立っている。年齢にしては、目の表情が異様といってよいほど真剣そのもので、どこか悲しそうな雰囲気をぴりぴりとつたえてくる。著者の山崎佳代子さんは、一九七九年にサラエボに留学、それ以来、現在もベオグラードに在住という。表紙の絵もユーゴスラヴィアの画家が描いたもので、その見なれない色づかいが、私の目をひいたのだった。床にすわりこんだまま、読みはじめた。

詩を、読まなくなって、ひさしい。賢《さか》しらなことばが平面を滑りつづけるふうな詩は読みたくないし、現在の世界の痛みを人類の痛みとして生きる鼓動が伝わってこない詩も私は必要としない。深い渇きをこの詩集はいやしてくれた。

世界で、もっとも苛酷な日常を生きている国のひとつに在住し、その痛みをわかちあう著者（もう、地域だけの痛みというものなど、私たちにはないはずだ）が、ながく離れている母国語で詩を構築するという作業の絶望的な重さを、力にあふれたこれら二十四篇の作品は知っているはずだ。だが、作者の思いにはそぐわないかもしれないけれど、こんなふうにもいえないか。祖国を遠く離れていることが、この東方の島々のうえで私たちがさまざまな罪によって摩滅させてしまった言葉たちに、あたらしいリズムと生気をあたえている、と。

「生まれてきたことすら否定するように夥しい数の人影が、それも一瞬に奪われてしまうことがある」バルカン半島の争いのただなかにいる山崎さんが、戦争の便りといっしょに、第二次世界大戦中の民族差別＝大虐殺の悲劇を想起せずにいられないのは、必然だ。山崎さんは、それを、石のようにしっかりした、また、その石をあたためる太陽のように温かい言葉で表現する。

『鳥のために』は、「手紙」と題された詩で始まっている。「夜の兆しに満ちた遠い部屋から／何もいうことなしと／あなたの声がするけれど／手紙を書きます」。これに似たフレーズが、イタリアの詩人モンターレが戦時中に書いた抵抗の詩にある。孤独は、しばしばおなじ音色をかなでる音楽なのかもしれない。

「アンナという鳥」に呼びかけているのは、詩人自身であるようにも、私たちが殺してしまった、そしてアンナとおなじ運命をたどった、無数の無垢な魂であるようにも思える。

「あしたから／国境で　そこから先　鳥は／きょうまでの名前を／失うはず……」（「アン

ナという鳥」から）
「しらぬまに異郷で　私は木になっていた／鳥も巣を掛けず実も葉もつけぬから／私には名前がない」（「木」から）
この木は、ある日、「男」に切り倒され「まだ温かい頑丈な体を」むりやりに抱かされて柩となり、あるいは「肩の小さな少年」の死の証人となるのだが、木に許されるのは、やがて水のつめたい爽やかな朝が世界をおとずれることへの祈りしかない。
詩集の終わりちかくにあるつぎの一篇を、私は忘れないだろう。

炎の歌

私の身体は炎　北の海を流れる
霧の衣装に身を包む　私の身体は炎

火の気のない小屋に忍び込み
魚の歌を口ずさむ　私の
音楽に寝床が凍りつくだろう
漁師は竈に火を起こすだろうか

私の身体は炎　青白い氷の衣装に
身を包む　私の身体は炎

＊

アンヌ・フィリップという作家の名は、たぶん文学辞典には載っていないだろう。五冊、本を書いただけで、一九九〇年に七十二歳でなくなっている。はじめて彼女の作品に接したのは、三十年とちょっとまえのことで、『ためいきのとき』(角田房子訳、ちくま文庫)。夫のペッピーノがある日、つとめていた書店から持って帰ってくれたイタリア語訳で読んだ。

三十五年まえのその本は、小説というのではなく、つれあいをうしなった妻の手記のかたちをとられていた。癌で早世したその夫が、当時、舞台でも映画のスクリーンでも、多くの女性を魅了していたフランスの俳優ジェラール・フィリップだったから、そのためにもこの本はかなり売れていた。でもペッピーノが持って帰ってくれたのは、作者の文章が美しいから、というのが理由で、玄関のところで私に手渡しながら、いった。きっときみはすきになるよ、このひとの文章。

あ、あのひとかもしれない。『五重奏』の作者の名を見て、思った。さっそく「あとがき」でたしかめると、やはりそうだ。そして、こんども、ひといきに読んだ。

漆の木が一本ある中庭をへだてたアパルトマンに、あたらしい住人が越してきたところから話は始まる（どうしてだろう、私たちのミラノのアパルトマンの暗い中庭にも、漆が一本、生えていた）。その部屋には、なくなった母親がついこのあいだまで棲んでいたことから、語り手はとくべつな感情をもっている。初老といってよい年齢で、高校の教師をしている語り手の飼っている仔猫ユカと、越してきた家族のロシアン・ブルーの飼い猫ツァーリをとおして、まず、語り手と向いの息子ヴァンサンが、ついで少年の母親で病院勤務の医師でもあるイザと、ロシアの血をうけた、売れない音楽評論家の父親ペーチャとが親しくなる。三人はたぐいなく静かで知的でやさしくて完璧な家族にみえた。

どの昔話もそうであるように、この物語にも破局がおとずれる。ペーチャが若い娘に恋をしてしまうのだ。彼を愛する三人の女性の、それぞれ異なった愛の様相は、穏やかな筆致で書きすすめられる。

すべてが潰れたような状態のなかで、おとなになってゆく少年、ヴァンサン。そして、「ただそこにいて、慈しむような目をしているだけで、彼（ペーチャ）は自分を囲む三人の女たちに平安をもたらしていた」。

この本には、私の好きなものがいっぱいつまっている。知性のもたらす静かさと制御のきいた文体、けっして声を荒らげない登場人物たち、老年の、また若さの美しさ、そして、猫たち。また、語り手がときに洩らす、早世した夫への優しいまなざし。このつややかな作品を書いたとき、アンヌ・フィリップは六十九歳だった。

『旅ではなぜかよく眠り』新潮社

『鳥のために』書肆山田

『五重奏』吉田花子訳、晶文社

# 解説　値段のみえない贈り物

大竹昭子

書評だけを集め、須賀敦子の没後に出版された本書を読みなおしてみて、あらためて特異な書評だと感じた。一見、さらりと読み流せるようでいて、小さな種のように埋めこまれた論理性が、しっかりした骨組みを造っている。

それまで出版社のPR誌などをのぞけば、あまり人目に触れることのなかった須賀敦子の書評が多くの人に読まれるようになったのは、毎日新聞に月に一回くらいの割で書評が載るようになったときだろう。それを読んで、こんな書評もありなのか、と驚いた人が多かったのではないだろうか。書評とは読んで字のごとく本の批評だが、彼女の文章は批評というよりエッセーにちかかった。ある情景から入っていったり、過去の記憶がひもとかれたり、導入部分からしてもまったく「書評的」でない。いったいこの人はこれからなんの本の話をはじめようとしているのだろうと、優等生の読者は眉をひそめたかもしれないと思うほど、意外な角度から本の内容に入っていくのだった。

たとえば佐野英次郎『バスラーの白い空から』の書評は、こんな具合にはじまる。

「仕事のあと、電車を途中で降りて、都心の墓地を通りぬけて帰ることがある。春は花の下をくぐって、初冬のいまはすっかり葉を落とした枝のむこうに、ときに冴えわたる月をのぞんで、死者たちになぐさめられながら歩く。」

商社員として世界各地を転々とした著者が生前に書き残したものを、没後に詩人の友人がまとめた、ジャンルとしてはエッセーに入るものである。著者の文体の抒情性をたたえる須賀の言葉そのものが情趣にあふれており、双方の文章の相性のよさが伝わってくる。では、いい作品を発見したからみなさんにお知らせします、というのがこの書評の意図かというと、そうでないだろう。

自分の体験をエッセーふうに書く書評は多い。だが、それらは導入の枕に（ときには字数かせぎに）体験を綴っているだけで、そのあとにおもむろに内容に触れ、最後に簡単な感想で締めくくるというパターンで、すべてが無難に予想どおりに進む。だから類似品は多いが、須賀のスタイルで書いて成功している書評というのは、あまり読んだことがないのだ。

須賀は『バスラーの白い空から』から、「死者」というキーワードを拾っている。作中で妻の死が語られ、なにより著者自身がもう死者の世界にいる。導入部で墓の散策がでてくるのはそのためだが、ここまでならほかのエッセーふう書評とあまり変わりがないかもしれない。それらと何馬身も引き離しているのは、さきに挙げた文のあとにつづく、このような一節である。

「日によって小さかったり大きかったりするよろこびやかなしみの正確な尺度を、いまは清冽な客観性のなかで会得している彼らに、おしえてもらいたい気持で墓地の道を歩く。」

死者の側から世界を見ているような不思議な視線がここにある。生きている私たちは考えや感想をくるくる変えるけれど、死んでしまっている彼らはもっと正確な尺度でものを見ている——。須賀はエッセーふうのスタイルを借りて、理念としての死を語っているのだ。

たしかに死者の遺影を見るとき、彼らが物事を「清冽な客観性のなかで会得している」ような感じにうたれることがある。もう語りもしない、行動もしない死者の姿を、記憶の力で呼びおこし、想像力を加えて編集し、そこから考えや価値観を導き出そうとする心の働きが、人の中にあるからだ。つまり死者は生者によって虚構化される存在であり、それが生きる者の営みであるのを、須賀はここで伝えようとしているのではないか。遺稿集というものが意味をもってくるのもそれゆえであり、充実した内容であればあるほど死者との対話も深みを増すのである。

ややもすると、無名の人によって書かれた気品ある作品集、という紹介にとどまりがちな書評が、硬質で奥行きのある文章により高次元のレベルに引きあげられている。それがほんの短い一行でなされているのが驚異的だ。

『エリオ・チオル写真集　アッシジ』の書評の冒頭部分には、アッシジ生れの聖フランチェスコの描写として、「フランチェスコの偉大さは、みずから選びとった『まずしさ』を、荘厳にではなく、たとえば詩のように本質的に生きたことにある」という言葉が登場する。これを読んだときも、私は意表を衝かれてはっとなった。

バブルの時代だったか、「清貧」ということがやたらと話題になったことがあった。金があっても使わずに、心の豊かさをとりもどそうというような、飽食の時代に警鐘を鳴らす式のものだったように思う。こういう「清貧観」は、まさしく「荘厳に生きる」ほうに入るが、フランチェスコが示したのはそうではない、詩に似た姿の「まずしさ」だったと述べている。

まずしいことに意味をもたそうとする相対化した「まずしさ」ではなく、物からも意味からも解き放たれた、無のそのものにかえっていこうとする生き方、とでも言ったらいいだろうか、そうした究極的な生のありようを述べており、それを詩と重ねあわせて語ることで、詩にとっての言葉の存在すらも見えてくるという、重層的な仕掛けがなされているのである。

新聞書評よりもっと長い文章も入っており、たとえばシモーヌ・ヴェイユについて書いた「世界をよこにつなげる思想」は、読書にむかう須賀の意志的な姿を見ることのできる力強い内容である。

自宅の本棚をあさっていたら、思いがけずたくさんのヴェイユの本が出てきた、というふうにはじまる。ヴェイユを読んでいた五〇年代のことに記憶がさかのぼって、同じころに読んでいたエディト・シュタインのことなどにも触れたあと、本棚から出てきたイタリア語訳のヴェイユの『重力と恩寵』に話をもどし、それを翻訳したのがフランコ・フォルティーニという著名な詩人だったことに驚いた、と述べる。どういう驚きだったかというと、完成した文学者である彼にもヴェイユを読んでいた時期があったという意外さであり、そのことがおなじ本を通じて人生を模索していた「同士」意識にも似た親しみを抱かせるのだ。

そして最後が、またしてもはっとする文章で締めくくられる。

「中世までは、教会のラテン語をなかだちにして、ヨーロッパ世界はよこにつながっていた。戦後すぐの時代に芽ぶいたのは、中世思想の排他性をのりこえて、もっと大きな世界をよこにつなげるための思想だったのではないか。」

ラテン語という、日常語としての用をずっとむかしに終えた言語が、ヨーロッパの教会で生き長らえていたのは、ヨーロッパ世界を横につなげるためだったという指摘にまず驚いた。だが、それ以上に、ラテン語に代わるものとして、シモーヌ・ヴェイユや、エディット・シュタインや、シャルル・ペギーや、エマニュエル・ムニエの思想が戦後に芽吹いたという分析に、目からうろこが落ちた。

「中世思想の排他性」とは、ヨーロッパを世界の中心とみなす思想だったが、植民地だった国々がつぎつぎと独立し、アメリカが突出してくる戦後の時代がはじまると、ヨーロッパ世界の外にあるものを知り、そこに生きる人々を理解することが現実的な課題になった。それを思想的な言葉によって打ち出したのが先にあげた作家たちであり、知に飢えていた戦後世代はそれに敏感に反応したのではないだろうか。

たった一行の言葉にイマジネーションをかきたてられ、ページから目を上げて考えにふける。そういうことがこの書評集を読んでいるとしばしばおこる。ほかでは得がたい密度の高い時間が瑣末な日常のあいだをぬってゆっくりと流れてゆく。

須賀は書評を書くのに、なぜこのようなエッセーの形式をとったのだろうか。

生前に須賀にインタビューしたとき、彼女はこんなことを語った。プルーストがどこかで、論理が見えてしまう小説というのは、値段をつけたままあげる贈り物みたいだと言っている。値段が見えず、しかもちゃんと骨がある、ただの感想文でない書評を書きたいと。エッセーというスタイルは、値段を見せないために必然的に選ばれた方法だったにちがいない。

一九九八年九月　中央公論社刊

中公文庫

# 本《ほん》に読《よ》まれて

2001年11月25日　初版発行
2022年 9 月30日　6 刷発行

著　者　須《す》賀《が》 敦《あつ》子《こ》

発行者　安部 順一

発行所　中央公論新社
〒100-8152　東京都千代田区大手町1-7-1
電話　販売　03-5299-1730　編集　03-5299-1890
URL https://www.chuko.co.jp/

印　刷　三晃印刷
製　本　小泉製本


Published by CHUOKORON-SHINSHA, INC.
Printed in Japan　ISBN978-4-12-203926-1 C1195

## 中公文庫既刊より

各書目の下段の数字はＩＳＢＮコードです。978-4-12が省略してあります。

い-3-2
**夏の朝の成層圏**　池澤夏樹
漂着した南の島での生活。自然と一体化する至福の感情――青年の脱文明、孤絶の生活への無意識の願望を描き上げた長篇デビュー作。〈解説〉鈴村和成
201712-2

い-3-3
**スティル・ライフ**　池澤夏樹
ある日ぼくの前に佐々井が現われ、ぼくの世界を見る視線は変った。しなやかな感性と端正な成熟が生みだす青春小説。芥川賞受賞作。〈解説〉須賀敦子
201859-4

い-3-4
**真昼のプリニウス**　池澤夏樹
世界の存在を見極めるために、火口に佇む女性火山学者。誠実に世界と向きあう人間の意識の変容を追って、小説の可能性を探る名作。〈解説〉日野啓三
202036-8

こ-60-1
**ひたすら面白い小説が読みたくて**　児玉清
芸能界きっての読書家として知られた著者が、ミステリーから時代小説まで和洋42の小説を紹介する。本を選びあぐねている人に贈る極上のブックガイド。
206402-7

お-51-1
**シュガータイム**　小川洋子
わたしは奇妙な日記をつけ始めた――とめどない食欲に憑かれた女子学生のスタティックな日常、青春最後の日々を流れる透明な時間をデリケートに描く。
202086-3

お-51-2
**寡黙な死骸 みだらな弔い**　小川洋子
鞄職人は心臓を採寸し、内科医の白衣から秘密がこぼれ落ちる…時計塔のある街で紡がれる密やかで残酷な弔いの儀式。清冽な迷宮へと誘う連作短篇集。
204178-3

お-51-4
**完璧な病室**　小川洋子
病に冒された弟と姉との最後の日々を描く表題作、海燕新人文学賞受賞のデビュー作「揚羽蝶が壊れる時」ほか、透きとおるほどに繊細な最初期の四短篇収録。
204443-2

お-51-5
ミーナの行進
小川洋子
美しくて、かよわくて、本を愛したミーナ。あなたとの思い出は、損なわれることがない——懐かしい時代に育まれた、ふたりの少女と、家族の物語。谷崎潤一郎賞受賞作。
205158-4

お-51-6
人質の朗読会
小川洋子
慎み深い拍手で始まる朗読会。耳を澄ませるのは人質たちと見張り役の犯人、そして……。しみじみと深く胸を打つ、祈りにも似た小説世界。〈解説〉佐藤隆太
205912-2

か-57-1
物語が、始まる
川上弘美
砂場で拾った〈雛型〉との不思議なラブ・ストーリーを描く表題作ほか、奇妙で、ユーモラスで、どこか哀しい四つの幻想譚。芥川賞作家の処女短篇集。
203495-2

か-57-2
神様
川上弘美
四季おりおりに現れる不思議な生き物たちとのふれあいと別れを描く、うららでせつない九つの物語。ドゥ・マゴ文学賞、紫式部文学賞受賞。
203905-6

か-57-3
あるようなないような
川上弘美
うつろいゆく季節の匂いが呼びさます懐かしい情景、ゆるやかに紡がれるうつつと幻のあわいの世界。じんわりとおかしみ漂う味わい深い第一エッセイ集。
204105-9

か-57-5
夜の公園
川上弘美
わたしいま、しあわせなのかな。寄り添っているのに、届かないのはなぜ。たゆたい、変わりゆく男女の関係をそれぞれの視点で描き、恋愛の現実に深く分け入る長篇。
205137-9

か-57-6
これでよろしくて?
川上弘美
主婦の菜月は女たちの奇妙な会合に誘われて……夫婦、嫁姑、同僚。人との関わりに戸惑いを覚える貴女に好適。コミカルで奥深いガールズトーク小説。
205703-6

い-35-23
井上ひさしの読書眼鏡
井上ひさし
面白くて、恐ろしい本の数々。足かけ四年にわたり新聞連載された表題コラム34編。そして、藤沢周平、米原万里の本を論じる、最後の書評集。〈解説〉松山 巖
206180-4